KEITAI
SHOUSETSU
BUNKO
野いちご SINCE 2009

可愛がりたい、溺愛したい。

みゅーな**

⦿STARTS
スターツ出版株式会社

正しい恋愛のススメ

ドーリー朔

イラスト／Off

「可愛い帆乃(ほの)は僕(ぼく)のだよ」

　わたしの幼なじみは少し……。

「帆乃以外の女の子なんて眼中にないし、同じ空気も吸いたくない。ってか、みんな同じ顔にしか見えない」

　ううん、
　だいぶ変わり者。

「……僕以外の男のことなんて、考えられないくらいにしてあげようか」

　いつも強引に迫(せま)るところとか。

「……あーあ、またそうやって可愛いことするから。僕の理性いつも死にかけてるんだよ、わかる？」

　たまに見せる余裕(よゆう)のない顔とか──。

「僕のことが欲しいって言ってごらん」

　可愛がりたい、溺愛(できあい)したい。

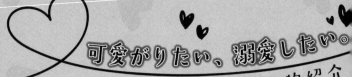

登場人物紹介

幼なじみ

大好き ←
溺愛 →

三崎 依生(みさき いお)

勉強も運動も得意で、学校中の女子からモテモテのイケメン。基本、他人にはクールだけど、幼なじみの帆乃だけが例外で、昔から溺愛している。

芦名 帆乃(あしな ほの)

不器用だけど、いつでも一生懸命な高2。自分の顔が嫌いで、学校では素顔を隠している(本当は超絶美少女)。幼なじみの依生のことが大好き。

2年生 仲良し4人組

contents

Chapter 1

幼なじみの依生くん。	10
依生くんはパーフェクト。	23
1ヶ月だけ依生くんと。	37

Chapter 2

小悪魔くんには要注意。	50
依生くんの甘さは止まらない。	67
依生くんと葉月くん。	75
雨の夜ハプニング。	96

Chapter 3

たぶん幼なじみ。	116
小悪魔くんのいいなり。	132
葉月くんの危険な罠。	142
幼なじみ超えてキス。	160

Chapter 4
フリじゃなかった。	170
甘いキスの誘惑には勝てない。	183
叶わないってわかっていても。	197
依生くんの気持ち。	219

Chapter 5
彼女になるとは。	234
依生くんと釣り合うためには。	250
ヤキモチ、欲張り。	269
可愛がられて、溺愛されて。	278

あとがき	298

Chapter 1

幼なじみの依生くん。

「ほーの、起きて」
　わたしの朝は、この声を聞いてから始まる。
　眠いし、ベッドから起きたくないし、学校に行きたくないって毎朝思うのに。
「ほら、早く起きないと帆乃の可愛い寝顔たくさん見ちゃうよ?」
　ささやくような甘い声に鼓膜を優しく揺さぶられ、眠っていた意識が自然と戻ってきて、閉じていた目をゆっくりと開ける。
　真っ先に飛び込んできたのは、幼なじみの整った顔。
「……い、おくん?」
　眠っていたせいで、まだ意識がはっきりしていない中でも幼なじみの……依生くんのきれいな顔はいつもと変わらない。
「そーだよ。僕以外が帆乃の可愛い寝顔見ていいわけないでしょ?」
　フッと笑いながら、優しい手つきでわたしの頭をそっと撫でる。
　あぁ、今日も相変わらずかっこいいなぁ。
　わたしの幼なじみで、隣の家に住んでいる三崎依生くん。
　幼い頃からわたしの隣には、いつも依生くんがいた。
　小学校、中学校はもちろん一緒。

高校は、わたしが依生くんを追いかけて同じところを受験した。
　依生くんはとても頭がいいから、同じ高校に入るには相当な努力が必要だった。
　だから必死に勉強して、依生くんにも勉強をたくさん見てもらったおかげで見事合格。
　今なんとか2年生まで進級することができている。
　まあ、いつも依生くんに勉強を教えてもらっているからなんだけども。
　今は6月の下旬。
　この前、やっと中間テストが終わってホッとしているけど、もうすぐやってくる期末テストに向けて勉強しなきゃいけないと思うと落ち込む毎日。
「帆乃？」
「……」
　今もわたしをジーッと見ている依生くんの顔立ちは、誰にも負けないくらいかっこいい。
　少し明るめのエアリー感のある髪に、目鼻立ちがはっきりしていて、顔は小さくて、肌だって男子高校生とは思えないくらいきれい。
　背だってすごく高いから、普段はわたしが見上げないと依生くんの顔は見えない。170センチ後半はあると思う。
　小学生の頃はわたしと同じくらいの身長だったのに、中学生になってから差がついた。
　今はたぶん20センチ以上差がある。

依生くんは勉強だって、運動だって、何をやらせてもいつもぜったい、いちばんをとってくるスーパーマン。
　そんな依生くんは、本当によくモテる。
　想いを寄せる女の子は、山ほどいると思う。
　大げさかもしれないけど、本当にそれくらい。
　告白で呼び出されるのはしょっちゅうで、わたしが知っている限りでも、依生くんに告白をした女の子の数は二桁(ふたけた)は余裕で超えていると思う。
　だけど、依生くんはその中の女の子と付き合ったりはぜったいにしない。
　なぜかは、幼なじみであるわたしにもわからない。
「どうかした？　さっきから帆乃ボーッとしてるよ」
「……あっ」
　ハッと我(われ)にかえる。
　いかんいかん、依生くんの顔は小さい頃から見慣れているはずなのに、いつも見とれてしまう。
「まだ寝ぼけてる？」
「う、うん……。ちょっと寝ぼけてたみたい」
　見とれていたなんて恥(は)ずかしくて知られたくないので、なんとかごまかす。
　依生くんの顔立ちは、ずっと見ていたいと思えるくらい、とってもかっこいいから。
　そんなかっこいい依生くんを、他の子たちより独占(どくせん)できて、そばにいられるのは幼なじみの特権だ。
　けど、その"幼なじみ"っていう立場が、時には不利に

働くこともある。

「寝ぼけた帆乃も可愛いね」

　優しく笑いながら、わたしの頭をポンポンと撫でる。

　依生くんは、きっと……。

　ううん、ぜったい。

　わたしのことを……幼なじみ以上のものとしては見ていない──。たぶん妹みたいな感覚でいるんだと思う。

　だから、こうやってわたしに触れることも、可愛いって言うことも簡単にできてしまうんだ。

　わたしがどんな気持ちで幼なじみをやっているか、依生くんは知るわけない。

　好きなんて……想いを持っていることなんか──。

　だったら、その幼なじみって立場を最大限まで利用してしまえばいいって。

　ずる賢い、小賢しいと言われてもいいから。

　依生くんだけは手放したくないから。

　自分勝手な想いが空回りした結果。

　わざと何もできないフリをして、依生くんがいないとダメになる幼なじみをやればいいって。

　そうすれば、優しい依生くんは1人じゃ何もできないわたしをほっておくわけないから。

「可愛い帆乃は僕のだよ」

　いつも依生くんは、口癖のようにわたしに"可愛い"って言ってくれる。

　そのたびにすごく嬉しくて、恥ずかしくて、胸がキュウッ

て縮まって。
　でも、その"可愛い"は、きっと依生くんにとってはそんな大したものではないから。
　毎朝寝起きの悪いわたしを必ず起こしに来てくれて、一緒に登下校までしてくれる。
　多少のわがままを言っても、ほとんど聞いてくれるし、滅多に怒ったりもしない。
　すごく甘やかしてくれているのか、それとも依生くんの心が海みたいに広いのか……。
　どちらにせよ、依生くんがそばにいてくれるならなんだっていい。
「帆乃のお母さんが朝ごはん用意してくれてるよ。ゆっくり食べたいでしょ？」
「うん。じゃあ、顔洗ったら行くね」
　こうして依生くんが部屋から出ていったあと、視界をよくするためにベッドの上に置いてあるメガネをかける。
　顔を隠すような、きつい度が入った大きなレンズの黒ぶちメガネ。
　中学生になった頃から、急に視力が低下したせいで、裸眼だと周りのものすらほとんど見えないので、普段家と学校では常にメガネが必須。
　洗面所へ行って顔を洗って、依生くんが待つダイニングに向かう。
　制服に着替えるのは、朝ごはんを食べてからにしよう。

食卓に着くと、すでにわたしのお母さんが作ってくれたサンドイッチが並んでいた。
　テーブルのそばにあるイスに依生くんが座っていて、食べずにわたしを待ってくれている。
　この家で依生くんの朝ごはんが用意されるのは、もう当たり前のこと。
「あっ、待たせてごめんね。先に食べててくれてよかったのに」
　急いで依生くんが座るイスの隣に腰かける。
「いいよ。帆乃と一緒に食べたいから待ってた」
　相変わらず笑った顔は、どこかの国の王子さまみたい。
　すると、そんなやり取りを見ていたわたしのお母さんが、キッチンからテーブルのほうに来た。
「もう、依生くんは本当に帆乃に甘いのね〜。毎朝この寝ぼすけさん起こすの大変でしょ〜？」
　やれやれと呆れた様子で、空のコップに牛乳を注ぎながら言う。
　そんなお母さんに対して、依生くんは笑顔を崩さないままわたしの顔を見ながら応える。
「いや……可愛い寝顔を見られるんで、僕的には得してますよ」
　そういうセリフをまたさらっと言うから、受けるこっちの身にもなってほしい。
「やだ〜、帆乃あなた、こんな素敵な幼なじみ持って幸せなんじゃない〜？　お母さんと結依ちゃんに感謝しなさい

よ〜？」
　結依ちゃんとは、依生くんのお母さんのこと。
　わたしのお母さんと依生くんのお母さんは高校の同級生で、仲がよくて今もそれは変わらない。
　こうして隣同士に住んでいるのは本当に偶然（ぐうぜん）だけど。
　ちなみに、わたしのお父さんは今、単身赴任（たんしんふにん）で少し離（はな）れたところに住んでいるので、家にはわたしとお母さんしかいない。
「あらっ、いけない。ゆっくり話してる場合じゃなかったわね！　もうそろそろ家出ないと、飛行機の時間に間に合わないわ〜」
　何やら、あわただしく家を出ようとするお母さん。
　さっきから時間を気にして、時計をチラチラ見ている。
　それに『飛行機の時間に〜』とか聞こえたのは気のせい？
「何かあったら連絡（れんらく）ちょうだいね？　緊急（きんきゅう）の用があったら戻ってくるから！　それじゃ依生くん、帆乃のことよろしくね？」
「はい、もちろん」
「帆乃も、依生くんに迷惑（めいわく）かけないようにね！　あと、しばらくの間、観葉植物の水やりもお願いね！」
「……？　う、うん」
　お母さんは昔から観葉植物が好きで、ほぼ毎日水やりをして大切に育てている。
　たまに水やりを頼まれることもあるけど、しばらくってどういうことだろう？

「何かあったら結依ちゃんを頼ってね！　結依ちゃんにも事情は説明してあるから！」

　なんで今日に限って、こんなにいろいろ念押ししてくるんだろう？

　それに緊急の用があったら戻ってくるって、どこかに行くんだろうか？って考えている間に、お母さんはササッと支度をして家を出ていった。

　結局、何も聞くことができないまま。

　……っと、こうしちゃいられない。

　わたしも早いところ、朝ごはんを食べて着替えないと遅刻しちゃう。

　ゆっくりしている間にも、時計の針は進んでいる。

　サンドイッチをほっぺに詰め込むように食べて、牛乳で流し込む。

「そんなたくさん食べて苦しくない？」

「うん、大丈夫っ！」

「ふっ。今の帆乃、ハムスターみたいで可愛い」

　すると、依生くんのきれいな指先がわたしの口元に伸びてきた。

「口にパンくずついてる」

　唇の真横を依生くんの親指がすっていく。

「っ……！」

　たったこれだけの動作が、わたしをどれだけドキドキさせているか、依生くんはぜったいにわかっていない。

　動揺しちゃいけないって言い聞かせようとするのに、触

れられたところが熱をもって冷めないまま、それが顔全体に伝染するように広がっていく。
「……帆乃、りんごみたいに顔真っ赤。ほんと可愛い」
　嬉しそうな声のトーンで依生くんが言うから、恥ずかしくなってパッと顔を伏せる。
「あー、もっと見たかったのに。こっち向いて？」
「や、やだよ……」
　こんな真っ赤な顔、これ以上見られたくない。
「もっかい見せて」
　耳元でわざとボソッとささやきながら、誘惑するような言い方をするのはずるい。
「恥ずかしがる帆乃も可愛いね」
　イジワルさを含んだ声が聞こえたと同時。
　スッと顎に依生くんの指先が添えられ、簡単にクイッと上げられて、ばっちり目が合った。
「っ……、やっ……」
「なんでこんな可愛いのかな。僕の理性はよく頑張ってる。今にもブツッと切れそうだけど」
「……？」
「こんな可愛い姿、他の男が見たらと思うと、嫉妬で気が狂いそうになる」
　頭を抱える仕草を見せながら、わたしから距離をとる依生くん。

　こうして朝ごはんの時間は終わり。

いったん部屋に戻って制服に着替える。
　学校に行くときのわたしは、なるべく目立たないような格好をする。
　顔を隠すような大きなメガネはかけたまま。
　コンタクトにすると、顔がさらされるのが嫌だから。
　胸より下に伸ばしたロングの髪は2つに結ぶ。
　制服のスカート丈は規定されている長さ。
　膝より少し上くらい。
「よし、できたっ」
　鏡に映る自分は、地味って言葉がよく似合う。
　せっかくの可愛い制服も、規定どおりに着ると可愛さが半減する。
　すべての準備を終えて、依生くんがいるリビングへ戻る。
「支度できたよ、遅くなってごめんね」
　扉から中をひょこっと覗き込むと、依生くんがすぐにわたしに気づいて、そばに寄ってくる。
　そして、わたしをジーッと見てくる。
「……んー、やっぱ地味な格好しても可愛さが隠しきれてない」
「……？」
「まあ、仕方ないね。素のままの帆乃を見たら、男たちみんな惚れちゃうだろうから。それくらいで許してあげる」
　若干、不満そうな依生くん。
　すると、何かに気づいた依生くんの目線がわたしの顔から少し下に落ちた。

「あー、またネクタイうまく結べてないよ」
　そう言いながら、わたしの制服のネクタイをシュルッとほどく。
「う、うまくできなくて」
「いいよ、僕がやってあげるから」
　何もできない幼なじみっていうレッテルを自ら貼る。
　毎朝起きることができないのも、ドジをしてしまうのも、ネクタイがうまく結べないのも……ぜんぶフリだって知ったら、依生くんは怒るかな。
　少し顔を上げてみれば、依生くんは怒った様子なんか見せないで、やわらかく笑っている。
　襟元でネクタイとブラウスがシュッと擦れる音がして、慣れた手つきで丁寧に結んでくれる。
「はい、できたよ」
「い、いつもごめんね。ありがとう」
「ん、いいよ。何かできないことがあったら、ぜんぶ僕がやってあげるから」
　優しくて、とことん甘やかしてくれる。
　でも……。
「……その代わり、僕以外の男を頼ったら怒っちゃうかもしれないね」
　笑顔で言っているけれど、目が笑っていない。
　依生くんは昔から、わたしが男の子と接するのをすごく嫌がる。
　できないことがあれば、ぜんぶ僕に言えばいいって。

他の人なんか頼らなくても、帆乃の代わりにぜんぶやってあげるからって、耳にたこができるくらい言われている。
「依生くんにしか頼らない……もん」
「うん、それでいいんだよ。何か困ったことがあったら僕に言えばいいから」
　依生くんのほうこそ、わたし以外の女の子のわがままなんて聞かないでよ……とは口に出せず、胸の中で思うだけ。
　だって、ただの幼なじみのわたしにそんなこと言える資格はないから。
　これだけ大切にされていると誤解してしまう。
　依生くんも、わたしを好きでいてくれてるんじゃないかって。
　でもそれは、ぜったいありえないこと。
　だって、わたしは一度だけ依生くんに告白をして……振られているから——。
「じゃあ、行こーか」
「う、うん」
　依生くんの声にハッとして、自分の世界から戻ってきた。

　家をいつもの時間に出て、学校には電車で向かう。
　家から徒歩10分程で最寄りの駅に着く。
　タイミングよく電車が来たので乗り込んだのはいいんだけど……。
「……うっ、く、苦しい……」
　毎朝毎朝、この時間帯の電車内は、おしくらまんじゅう

状態。
「帆乃、大丈夫？」
「だいじょ……うぶ」
　背の高い依生くんは人に埋もれることはないけれど、わたしは周りよりも背が低めだから、電車やバスに乗るといつも人に埋もれて挟まれてしまう。
「大丈夫じゃないのに、大丈夫って言っちゃダメでしょ」
　依生くんが扉にトンッと手をついて、周りから守るようにわたしが苦しくならないための隙間を作ってくれた。
「これで苦しくない？」
「う、うん。ありがとう……っ」
　すごく距離が近くて、電車が揺れるたびに依生くんの身体と密着して、バカみたいに心臓がドクドク暴れる。
　それを知られないように隠すのに必死になるのは、いつものこと。
　こうしてわたしと依生くんの1日は始まる。

依生くんはパーフェクト。

　無事に教室に着いて、いつもどおり自分の席に着く。

　ちなみに、依生くんとは１年生のときから同じクラスで、今は席も隣同士。

「帆乃ちゃん、おはよっ！」

　カバンを机の上に置くと、わたしの前に座っている中本明日香ちゃんがこちらを振り返って、明るさ全開の笑顔で挨拶をしてくれた。

「あっ、おはよう、明日香ちゃん」

　明日香ちゃんは高校１年生のときからクラスが同じで、最初に話したきっかけは、お互い幼なじみがいるっていうこと。

　そこからたくさん話すようになって、今ではいちばん仲よくしてくれている大切な友達。

　ふわっとしたボブヘアがよく似合っていて、小柄でとっても可愛い見た目。

　人懐っこい性格で明るくて、笑った顔がとても可愛い天使みたいな女の子。

「帆乃ちゃんは今日も可愛いなぁ～。もったいないよ～その可愛さ隠してるの～！」

　明日香ちゃんも依生くんと同じで、わたしが素顔を隠していることを知っている。

「明日香ちゃんのほうが可愛いよ。それに、これくらい地

味なほうが目立ったりしなくていいし」
　わたしがそう言うと、明日香ちゃんは不満そうに頬をぷくっと膨らませる。
「え〜、だって帆乃ちゃんの可愛い姿を三崎くんだけが独占してるなんてずるいよ！　せめて、メガネだけでもやめてコンタクトにしちゃえば──」
　明日香ちゃんが必死に説得しようと話していると、わたしの隣の席から声が飛んできた。
「僕の帆乃に変なこと言うのやめてくんない？」
　かなり不機嫌そうな声で、依生くんが遮ってきた。
「むっ、出た、三崎くんの『僕の帆乃』発言。あのね、可愛い帆乃ちゃんは三崎くんだけのものじゃないの！」
　明日香ちゃんはキリッと睨んで依生くんに訴えるけど、睨んでいる顔ですら可愛いから効果がなさそうに見える。
「そっちこそ、僕の帆乃にベタベタしないでよ、触んないで。女だからって容赦しないから」
「むっ、感じ悪い〜！　いいもん、そんなこと聞かないもんね〜！」
　そう言いながら、わたしにギュウッと抱きついてくる可愛い明日香ちゃんの破壊力。
　思わず笑みがこぼれて抱きしめ返すと、明日香ちゃんは依生くんのほうを自慢げに見る。
「ほら〜、今帆乃ちゃんを独占してるのは、わたしだもんっ」
　2人ともいつもこんな感じのやり取りをしてばかり。
　あんまり仲がよくないみたい。

すると、依生くんが無言のまま席から立ち上がった。
「……帆乃に触れていいのは僕だけなんだから」
　わたしの腕をグイッとつかむ。
　あっという間にわたしは依生くんの大きな身体に包み込まれた。
「帆乃もダメでしょ。僕以外に触れさせるなんて」
「だって明日香ちゃんは女の子だし……」
「そんなのカンケーないよ。帆乃に触れるのは僕だけでいいの」
　ギュッと抱きしめられると、甘い匂いが鼻をくすぐって、ますますドキドキしちゃう。
　すると……。
「おーい、お前らまた帆乃ちゃんの取り合いしてるのか？」
　わたしたちのもとに、1人の男の子が呆れた様子で登校してきた。
　すると、明日香ちゃんがすぐにその男の子のそばへ駆け寄った。
「だって、聞いてよ、涼ちゃん!!　三崎くんってば、いつも『帆乃は僕の』とか言うんだもん！　『触るな』とか無茶なことばっかり言うんだよ？」
「はいはい、もうそのやり取りほぼ毎朝聞いてるから」
　依生くんの席の前の机にカバンを置いて、呆れながらも明日香ちゃんの頭をポンポンと撫でながら、落ち着いた口調で言う。
「明日香もそんなムキになるな。あと、依生も帆乃ちゃん

のことが大事なのはわかるけど、明日香にも貸してやってくれよ。な?」

　2人をなだめるように、この場をうまく収めてくれる、明日香ちゃんが『涼ちゃん』と呼んだ男の子。

　花野井 涼介くん。明日香ちゃんの幼なじみでもあり、彼氏でもある。

　何事にも冷静で、雰囲気が大人っぽくて、わたしたちと同い年に見えない。

　黒に近い茶色のサラサラした髪に、依生くんに負けないくらいのかっこいい容姿の持ち主。

　清潔感があって、すごく爽やか。

　サッカー部に所属していて、1年生の頃からすでに期待のエース候補だとか。

　明日香ちゃんのことが可愛くて仕方ないのか、明日香ちゃん以外の女の子にはまったく興味を示さないから、花野井くんの溺愛っぷりもなかなかだと思う。

　今も拗ねながら必死に話している明日香ちゃんを、愛おしそうな瞳で見ているし。

「……涼介は甘いよね。そのひっつき虫どうにかしてよ。僕の帆乃なのにさ」

「お前なぁ、そこは目つぶってやってくれよ。明日香も帆乃ちゃんが好きなんだからさ」

「ってかさ、涼介が帆乃ちゃんって呼ぶの気に入らない。今すぐ芦名さんって呼んで」

「うわ、今さらかよ。つか、今は明日香のこと話してんの

に俺にまで飛び火してんじゃん」

こんな感じで、この4人で一緒にいることが多かったりする。

依生くんと明日香ちゃんがバチバチしているのを仲介するのが、面倒見のいい花野井くんの役目。

なんだかんだ、1年生の頃からこの4人でいる。

大好きな人ばかりに囲まれていて、すごく恵まれてるなぁと思いながら過ごす毎日。

こうしてるうちにホームルームが始まって終わり、1時間目まで少し時間があるので授業の準備をする。
「ねぇ～帆乃ちゃん！」

前に座る明日香ちゃんが振り返って、わたしのほうをジーッと見た。

そして今度は机に突っ伏して眠っている依生くんのほうを見て、「よしっ、寝てる！」と可愛くガッツポーズをしながら、そっと耳元で聞いてきた。
「ほんとに、ほんとーに三崎くんと付き合ってないの？」

周りに聞こえないくらいの声の大きさだ。
「……うん、付き合ってないよ。ずっとただの幼なじみのまま」

明日香ちゃんはわたしが依生くんを好きなことを唯一知っていて、過去にわたしが告白したことも知っている。
「おかしいよねぇ、あれだけ『帆乃は僕の』とか言ってるのにさ～」

唇を尖(とが)らせて、不満そうな顔をしている明日香ちゃん。
「本当にちゃんと好きって伝えたの？」
「うん、たぶん……」

　まだ中学3年生のとき。
　当時はまだ今みたいに地味な格好はしていなかった。
　そもそも、今のわたしがこんな格好をしているのは、自分を守るためでもある。
　その頃から、幼なじみとして依生くんのそばにいるわたしを気に入らない女の子がたくさんいた。
『ただの幼なじみのくせに調子に乗るな』とか、『アンタなんか依生くんと釣(つ)り合ってない。幼なじみだから特別なだけ』とか、陰(かげ)で言いたい放題いろいろ言われていた。
　だからそのせいで、自分の顔が好きじゃなくなって自信もなくなり、素顔を隠すようになった。
　それでも依生くんには何も相談せずに、我慢(がまん)していたけれど——。
　あるとき、女の子たちの行動がエスカレートして、体育館の倉庫に閉じ込められてしまった。
　すぐに依生くんが助けに来てくれて、それから依生くんの部屋に連れていかれて、強引に抱きしめられた。
『……なんで僕に何も言わなかったの？』
　そのときの依生くんの声は震(ふる)えていた。
　怒(いか)りを抑(おさ)えるように……。
　言いたくても言えなかった。

依生くんに心配をかけたくないし、巻き込みたくなかったから。
『帆乃は僕にとって大切な子なんだよ。誰にも傷つけられたくないんだよ、わかる?』
"大切な子"――それはきっと、幼なじみとしてなだけ。
物心ついた頃から、ずっとずっと依生くんを好きだという気持ちがあったわたしからしてみれば、幼なじみなんて関係は厄介(やっかい)なものでしかなかった。
幼なじみとして依生くんのそばにはいられるけど、それ以上の関係にはなれない。
すごくもどかしかった。
こんなに好きで、誰よりも依生くんのことを知っていて、そばにいるのに。
それなのに、彼女(かのじょ)になれない。
このまま幼なじみとして変わらず依生くんのそばにいるか、それとも気持ちを伝えて幼なじみという関係に終止(しゅうし)符(ふ)を打つか。
たくさん悩(なや)んで迷った。
何度も好きって伝えようとしたこともあったけど、その1歩が踏(ふ)み出せずにいた。
『帆乃は僕のだって、もっと自覚してよ』
そんなこと言うなら、わたしを幼なじみ以上として見てよって言いたくなったから。
そのとき初めて、胸の中にしまっていた――好きの気持ちを依生くんの腕の中で伝えた。

だけど、答えは返ってこず。
　……代わりに、強引に唇を塞がれた。
　あのときのことは、今でもよく覚えている。
　普段の優しい依生くんからは考えられない荒いキスで、理性を失っているんじゃないかって思うくらいだった。
　わたしがどれだけ苦しがっても止めてくれなくて。
　好きな人とのファーストキスだったのに。
　優しくないし、むしろ怖い気持ちが出てくるばかり。
　このまま依生くんが止まってくれなかったら……と、先のことを考えたら涙が出てきた。
　息が乱れて、視界は涙でいっぱいで、必死に依生くんの背中を叩いて抵抗した。
　そしてその直後、依生くんがハッとした顔を見せた。
　涙を流すわたしを見て、罪悪感いっぱいの顔をしながら、すぐに顔を伏せて、わたしから距離をとった。
『……ごめん、傷つけて』
　一瞬見えた顔は、とても余裕がなさそうだった。
　謝ってほしいわけじゃなかったのに。
　ただ、どうしていきなりキスしたのか、気持ちの答えを教えてほしかっただけなのに……。
　わたしが依生くんとの距離を詰めて、手に触れると、その手は簡単に振り払われた。
『……今は無理。1人にして』
　冷たく言い放たれてしまい、結局その日はそのまま家に帰って、1人で目が腫れるくらい泣いた。

依生くんの気持ちを聞くことができなくて、近づくことさえ拒絶されたから。
　そのとき自覚した……振られたんだって。
　だったらどうしてキスなんかしたの……って、頭の中は依生くんでいっぱい。
　それからそのあと気まずくなるかと思ったけれど、数日して顔を合わせてみれば、いつもと変わらない態度で接する依生くんがいた。
　……うまく線引きをされたような気がした。
　この前のことはなかったことにしようと。
　幼なじみのラインはぜったい越えない……と。

　その日以来、好きだって気持ちを伝えることなく、幼なじみとして好きな気持ちを押し殺したまま依生くんのそばにいる日々が続いている。
「……の……ちゃん」
　だけど依生くんはずるいから。
　ずるいくらいの独占欲が、わたしを手放してくれない。
「ほーのちゃん！」
「……あっ」
　昔のことを思い出しすぎて、1人の世界に入り込んでいたみたい。すっかり明日香ちゃんの存在を忘れていた。
「ずっと固まったまま不安そうな顔してるから心配したよ。大丈夫？　あんまり聞かないほうがいいことかな。もし気分悪くさせちゃったらごめんね……！」

「あっ、大丈夫だよ……！　ちょっといろいろ深く思い出しちゃって」

　明日香ちゃんは純粋(じゅんすい)にわたしの恋(こい)を応援(おうえん)してくれていて、依生くんとのことを聞いてくるのは悪意がないってわかっているから。

　そのとき1時間目の授業が始まるチャイムが鳴った。

　授業の準備をしていなかったので、あわてて時間割を確認して教科書を机の中から探す。

　えっと……1時間目は英語か。

　辞書はカバンに入っているし、ルーズリーフを用意して、あとは教科書……って、あれ。

　たしかに持ってきたはずなのに、何度机の中を探しても見当たらない。

　もう授業は始まっていて、今さら誰かに借りに行くこともできなくてあわてていると。

「帆乃、どうしたの？」

　依生くんが隣からわたしの様子を気にして、声をかけてくれた。

「あっ、えっと教科書——」

　忘れたって言う前に、依生くんが机をガタンッと動かしてわたしの机にピタッとくっつけた。

　そして教科書を机の間に置いてくれる。

「僕と一緒に見よっか」

「いいの？」

「うん、いいよ。ってか、僕使わないし」

今回のはわざとじゃなくて、本当に忘れたんだよって、意味もなくそんなことを胸の中で思う。
　そして、先生が話し始めて、だらだらと黒板にわけのわからない英語の文章が書かれていくのを板書する。
　この学校は、いちおう世間では結構レベルの高い高校なわけで。
　授業の進み具合もすごく早いし、今も先生が英語でペラペラ何か話しているけど——黒板を見て書いて、耳で話を聞く、その両方を同時にできないわたしにはかなりつらい。
　隣にいる依生くんは頰杖をついて、黒板のほうなんか見ずに、ノートもとらずに、つまらなそうにしている。
　たぶん、授業の内容なんてほとんど聞いていないんじゃないかな。しかも家で勉強しているところなんてほぼ見たことがない。
　それなのに、いつもテストでは全教科ほぼ満点に近い点数をとっちゃうから天才肌なのかなぁ……なんてことを考えて気がそれていると。
「では、この文章を英訳して。はい、じゃあ芦名さん。前に出てきて書いてください」
　えっ、嘘。
　なんでこういうときに限って当たるのかなぁ……。
　急いで黒板の問題を見るけど、辞書を引かないととても解けそうにない。
　だけど、先生と周りの雰囲気からそんな時間はなさそうに感じてしまう。

すると隣から……。
「ペンと紙、貸して」
　依生くんがそう言ったので、自分が使っていたシャープペンとルーズリーフを渡した。
　そして数秒もしない間にわたしの手元に返ってきた。
「困ったら僕のこと頼ってって言ってるのに」
　そう言いながら戻されたルーズリーフには、きれいな字で英文が書かれていた。
「えっ、あっ……」
「ほら、早く書きに行ったほうがいいよ」
　コクリと首を縦に振って、急いで黒板に依生くんが解いてくれた答えを書く。
　もちろん、その答えは合っていて、席に戻ると依生くんは優しく笑いながら言う。
「僕がそばにいるんだから。困ったらちゃんと言わなきゃダメだよ」
「あ、ありがとう……っ」
　本当に、依生くんはなんでもできてしまう。
　授業を聞いている素振りはなかったのに、簡単に問題を解いちゃう。
　勉強だけじゃなくて、スポーツだってできちゃうわけで。

　3時間目の体育の授業はサッカー。
　男子はすぐにチームに分かれて試合が始まった。
　女子はペアを組んで、パス練習からスタートした。

ボールを蹴りながら、男子のほうの試合の様子をチラッと見る。
　花野井くんがサッカー部だから、ダントツでうまいのかと思いきや、依生くんも花野井くんに負けないくらい上手。
　どうやら２人は敵チームみたいで、チーム戦なのに、もはや２人で戦っているみたい。
　その２人を見るために練習をサボって、女の子たちは目をハートにして観戦している。
「三崎くんと花野井くんってイケメンだし、スポーツもできるし、勉強もできるし、完璧すぎてまぶしいわ～！」
「だよね～。あんな彼氏欲しい～！」
　試合を見ている女の子たちから、こんな会話ばかりが聞こえてくる。
　すると、ここで黙ってないのが明日香ちゃん。
「む～、涼ちゃんのかっこいいところは、わたしだけが見られればいいのになぁ～」
　練習を放棄して、不満そうに愚痴を漏らす。
「花野井くんすごいもんね。モテるから明日香ちゃん大変だよね」
「ほんとだよ～。……って、それは三崎くんもじゃん！」
「わたしは依生くんの彼女じゃないし……」
「……うーん、ぜったい帆乃ちゃんのこと好きだと思うんだけどなぁ。だって、帆乃ちゃん以外の女の子とは口もききたがらないじゃん！」
　明日香ちゃんの言うとおり、依生くんがわたし以外の女

の子と話すことはあまりない。
　話しかけられても基本相手にしない。
　無愛想で、普段のわたしに優しい依生くんからは想像できないくらい。
「謎すぎるよ〜三崎依生！　こんなに可愛い帆乃ちゃんが好きでいてくれてるのにさ〜！」
「しっ、明日香ちゃん声が大きいよ!!」
　周りにチラホラ人がいるし、依生くんに聞かれたら大変なのであわてて明日香ちゃんの暴走を止める。
「もういっそのこと、わたしが帆乃ちゃんの彼氏になる！」
「ええ、そんなことしたらわたしが花野井くんに怒られちゃうよ！」
「ちぇ〜、いい作戦だと思ったのになぁ」
　明日香ちゃんってかなり天然が入っているから、花野井くんもそれに振り回されて大変なんだろうなぁ。
　まあ、そんなところも含めて明日香ちゃんのぜんぶが可愛いんだろうけど。
　2人が羨ましいなって思う。
　わたしたちと同じ幼なじみなのに、2人は幼なじみを超えて恋人同士。
　幼なじみ同士、惹かれ合うのは必然に思えるのに、わたしたちはうまくいかないことばかり。
　はぁ……と漏れそうになったため息を抑えた。

1ヶ月だけ依生くんと。

　そしてあっという間に迎えた放課後。
　いつものように帰る準備をして、依生くんと学校を出る。
　帰りの時間の電車は、朝より少しだけ混み具合も落ち着いているから座ることができた。
　電車をおりて、歩いてわたしの家に着いたところで、依生くんと別れるはずだったんだけれど。
「あれ……今日依生くんが家に来る約束してたっけ?」
　なぜか依生くんは自分の家に帰ろうとせず、わたしの隣に立ったままでいる。
　たまに学校帰りにわたしの家に寄っていくこともあるけれど、そういうときはいつも事前に言ってくれるし。
「……約束っていうか、今日から僕が帰る家ここだし?」
「え?」
　すると、なぜか依生くんがわたしの家の鍵を持っていて、ガチャッと開けた。
「ほら、中入ろ?」
　いまいち状況が理解できていないのはわたしだけ?
　頭にはてなマークを浮かべて、とりあえず中へと入る。
　いつもいるはずのお母さんの姿はなくて、家の中はシーンと静まり返っている。
「じゃあ、僕着替えてくるから。帆乃も着替えておいで」
「えっ、ちょっと待って依生くん!　状況がよくわかんな

いよ！」
　依生くんってば、さっきからナチュラルにわたしの家に入って、着替えようとするなんて何考えてるの？
　すると、依生くんはキョトンとした顔をして言う。
「帆乃ってば、とぼけてるの？　それとも忘れちゃった？　そんな帆乃も可愛いね」
　とぼける？　忘れた？
　えっ、さっぱりわからないんだけど！
　混乱するわたしは、依生くんの口から衝撃の事実を知らされる。
「今日から僕と帆乃２人一緒に、ここに住むんだよ」
　えっ、ん？　２人で一緒に住む？
　それっていったいどういうこと……!?
「えっ、な、何それ！　わたし聞いてないよ!!」
「帆乃のお母さんはちゃんと説明したって言ってたよ？」
　すぐにスマホをカバンの中からとり出して、あわててお母さんに電話をかける。
『はーい、もしもーし』
「お、お母さん！　これどういうこと!?」
『やだー、いきなり電話かけてきたと思ったらどうしたのよ。何かあったの？』
「何かあったじゃない！　今日から依生くんとわたしが一緒に住むってどういうこと!?」
『えー、今さらその質問〜？　前にちゃんと説明したじゃない？』

「き、聞いてないよ!!」
　そんな重大なこと、聞いていたら忘れるわけない。
　どういう経緯でこうなったのか、お母さんにいろいろ聞いてみると……。
　どうやらお父さんが単身赴任先でケガをしてしまい、入院したらしい。
　全治1ヶ月ほどのケガみたいで、完治するまでお母さんは家を空けるそうだ。
　わたし1人を家に残すわけにもいかないと悩んだ結果、依生くんと一緒に住まわせることを思いついたらしい。
　まったくその話を覚えていないことをお母さんに伝えてみると。
『あー、そういえば夜遅くに帆乃が寝ぼけて起きてきたときに、この話しちゃったかも〜!　だから覚えてないのかしら』
　なんて、呑気なことを言われてしまう……。
『まあ、でも1ヶ月だけだし。それに依生くんが一緒なら安心でしょ？　1人でいるなんて帆乃には無理だろうし』
「そ、それはそうだけど……」
　いきなり知らされた依生くんとの同居生活に頭の中はパニック状態。
　だってだって、ずっと依生くんが一緒にいるわけで。
　好きな人と1つ屋根の下で一緒に住むなんて、心臓がもつ気がしない……っ！
『まあ、とりあえずなんとか2人で頑張ってみてよ！　何

かあれば、隣に結依ちゃんもいるし？』
　あぁ……、だから朝のお母さんの様子があんな感じだったのか……。
　『何かあったら結依ちゃんを頼って』とか、『依生くんに迷惑かけないように』とか。
『じゃあ、依生くんと仲よくね！　んじゃ、また何かあったら連絡してね〜』
「えっ……ちょ、まっ──」
　一方的にプツッと切れて、真っ暗になったスマホの画面を見つめたまま固まる。
「ほーの？」
　ガクッとうなだれていると、急に下から覗き込むように依生くんがわたしの顔を見てくる。
「あっ、きょ、今日から依生くんここにいてくれるんだね」
　話を聞いてみると、本当は最初わたしが依生くんの家にあずけられる予定だったみたい。
　でもそれだと、お母さんが大切にしている観葉植物のお世話をする人が誰もいなくなってしまうから、依生くんがわたしの家に来てくれることになったらしい。
　なんとか平静を装うけど、好きな人と朝から晩まで同じ空間にいるなんて、緊張(きんちょう)しないわけがない。
「そーだよ。可愛い帆乃を１人にしとくわけにはいかないから」
　軽くフッと笑って、わたしの手をグイッと引いて、いきなりギュッと抱きしめてくる。

「……それに、2人っきりだったら帆乃を独占できるし、僕のしたいことたくさんできるから」
　少しだけ危険なささやきが聞こえた。

　あれから部屋に戻って着替えをすませて、ごはんとお風呂を終わらせて、今の時刻は夜の10時前。
　ちなみに依生くんは、以前までお父さんの部屋だった一室を使っているみたい。
　家具とかは基本そのまま置いているので、ベッドとか机とか最低限のものは揃っている。
　それと、着替えとか必要なものは今朝わたしを起こす前に運んでおいたらしい。
　今はリビングにある大きなソファで、依生くんと並んでテレビを見ているところ。
　ちょうど10時になって見ていた番組が終わり、依生くんがテレビを消した。
　そして、こちらを向いてわたしの頬をツンツンしてくる。
「ほーの」
「なぁに？」
　依生くんのほうに身体を向けると、意外と距離が近い。
「ギュッてしたいから、僕の膝の上おいで」
「へ……っ？」
　甘えるような誘い方。
　依生くんはたまに、2人っきりのときに不意打ちにこういうことを言ってくることがある。

「今さー、帆乃が足りなくて僕死んじゃいそうなの」
　普段しっかりしているのに、甘えてくるときの依生くんは少しだけ幼く見えて可愛い。
「だから帆乃が癒して」
「い、癒すって……」
　そんなの無理だよって言おうとしたのに。
「無理って返事はダメだよ。そんなこと言ったら帆乃以外の女の子に癒してもらうよ？」
「っ……」
　きっと、わたしが嫌だっていうのをわかっている上での強気な揺さぶり方。
「ほら、いい子だからおいで」
　膝をポンポンと叩きながら、早くここに来なよって顔でこちらを見ている。
「や……だよ」
　自分から依生くんの膝の上にのるなんて恥ずかしい。
　それに、その体勢だとわたしが依生くんを押し倒してるみたいに見えるし……。
「何が嫌なの？」
「やっ、だから……っ」
「んー、言うこと聞けない子は嫌い」
　そう言うと、わたしの脇の下にするりと依生くんの手が入ってきて、簡単に身体を持ち上げる。
　そのまま、あっという間に依生くんの上にのせられてしまった。

少し下を見れば、依生くんの整った顔があって、身体が密着しすぎて心臓が壊れちゃうんじゃないかってくらい、ドクドク音を立てる。
　普段優しいのに、たまにこうやって強引にイジワルなことをしてくる依生くんの意図は読めない。
「帆乃ドキドキしてるの？」
「ち、ちが……」
「違わない。身体くっつけてるとわかるよ」
「うっ……」
　わたしの反応を見るために、わざと言ってきているような気がする。
「それにさー、そんな真っ赤な顔してるのに？」
「こ、これは……っ」
「これは？」
　片方の口角を上げて、ニッと笑う顔にまでドキッとしてるわたしって重症かもしれない。
「依生くんのせい……だよ」
「へー、ドキドキするのも顔真っ赤になっちゃうのも、ぜんぶ僕のせい？」
　そうだよって言わせたい顔をしてる。
　だから、そのとおり首を縦に振る。
　すると、依生くんの顔が満足そうに笑った。
「それでいいよ。そんな可愛い顔も僕だけに見せてくれればいいから」
「い、依生くんこそ……」

途中まで言ったけど、その先は言わないほうがいいと思ってとっさに口をつぐむ。
　さっきまで真っ赤だった顔は、いつの間にか不安な気持ちが強くなったせいで崩れてしまい、唇をキュッと噛みしめる。
「僕のほうこそ何？」
「な、なんでも、ない……。聞かなかったことにして」
「それは無理。泣きそうな顔してるじゃん」
　パッと顔を横にそらそうとしたけど、先に依生くんの手がわたしの両頬を挟んで阻止してくる。
「い、言いたくないから離して……っ」
「やだよ、言うまで離さない」
「依生くんの意地っ張り……」
「帆乃のほうこそ」
　２人とも頑固な性格を持ち合わせているから、昔から何回もこうやって意地の張り合いをしてきたけど、負けるのはいつもわたしだった。
　けど、今回は負けないんだって顔で強気に依生くんを見てみれば。
「ふーん。じゃあ、言いたくなるように身体にイジワルしよっか」
　危険、ぜったい危険。
　笑った顔がぜったい言わせてやるって。
「僕は帆乃のことなんでも知ってるから。……きっと、帆乃以上にね」

わざと、耳元でささやくように言われたせいで身体がピクッと反応する。
「……くすぐったい？」
「……そんなこと、ないっ」
「へー、まだ強がる余裕あるんだ？」
　耳にかかる依生くんの息が、くすぐったくて仕方ない。
「帆乃は、なーんもわかってないね」
「……ん、や……っ」
　ささやくだけじゃなくて、依生くんの唇が耳たぶに触れてくる。
　くすぐったいどころじゃない、変な感覚。
　しかも反対側の耳たぶは、器用に親指と人差し指で挟んで、なぞるように触ってくる。
「帆乃は人より敏感なんだよ。少し身体を触られただけで、すぐにビクついちゃうから」
　わかっていて、こういうことをしてくる依生くんのやり方は、ずるいくせに甘い。
「変になるから……くすぐったいの、いや……っ」
「そんな可愛い声で言っても効果ないのに。むしろ煽ってるって気づいてる？」
　声を出そうとしても、変な声が出てきちゃうから、首を横に振ることしかできない。
「じゃあ、さっき何言おうとしたのか教えて。そうしたら、イジワルやめてあげるから」
　やっぱり、依生くんにはかなわない。

「わ、わがままって思わない……？」
「それは聞いてみないとわかんないけど」
「わたしは依生くんだけしかドキドキしないの……っ。だ、だから、依生くんが他の女の子にとられちゃうのがすごく嫌なの……」
　告白まがいなことを口にしているのは充分(じゅうぶん)わかっているし、ただの幼なじみだから、そこまで依生くんを縛(しば)りつける権利もない。
　ただのわがまま。
　こんなお願い聞いてくれるわけないって、何言ってるのって返されるのが怖い。
　不安になってギュッと目をつぶって、依生くんの言葉を待っていると。
「……はぁ、ほんとなんもわかってない」
　ため息が聞こえて、胸が痛くなった。
　やっぱり言わなきゃよかったって後悔(こうかい)する。
　泣きそうになるのをこらえながら、依生くんから離れようとしたけど、なぜか離してもらえない。
「……僕はこんなに帆乃でいっぱいなのに」
「え……っ？」
　ボソッと聞こえた声に耳を疑(うたが)った。
「帆乃以外の女の子なんて眼中にないし、同じ空気も吸いたくない。ってか、みんな同じ顔にしか見えない」
　抱きしめ方が、大切なものを包み込むみたいに優しい。
「わがまま……とか思わないの？」

「思わないよ。ってか、それがわがままなら、いくらでも聞いてあげる」
　さっきまでイジワルだった依生くんはどこかへいって、いつもの優しい依生くんに戻っていた。
「わたし、依生くんいないとダメだよ……っ」
　ほらまたこうやって、自分の中にある、あざとさが発動する。
「それでいいよ。そーやって僕のことで頭いっぱいにして、他の男のことなんて考えないで」
　お互いがこんなに求めているのに、幼なじみから進展しないもどかしさに襲われながら、お互いリビングを出て各自の部屋で眠りについた。

Chapter 2

小悪魔くんには要注意。

　季節はもうすぐ夏本番。
　先週の金曜日から依生くんと一緒に住み始めて、3日がすぎた休み明けの月曜日。
　同じ家に依生くんがいるということが慣れないまま。
「はぁ……」
「帆乃ちゃん、ため息なんかついてどうかしたの？」
　今はお昼休みで、明日香ちゃんと一緒に席でお弁当を食べているところ。
「あっ、ため息……ついてたかな」
「うん、今日たくさんついてる！　それになんかボーッとしてるみたいだし……。もしかして体調悪い？」
「う、ううん！　体調は全然平気！」
「じゃあ、どうして浮かない顔してるの？」
「あっ、えっと……じつは……」
　ここで初めて、依生くんと一緒に住んでいることを明日香ちゃんに明かした。
　すると、明日香ちゃんはめちゃくちゃびっくりした顔をしながら言った。
「え～！　よかったじゃん!!　三崎くんと一緒に住めるなんて、距離縮まるし！」
「わっ、明日香ちゃん声が大きいよ!!」
　さいわい、わたしたちの席の周りには人がいなくて、教

室も騒がしいので、今の会話を誰かに聞かれたなんてことはないと思うけど。
　ちなみに、依生くんは花野井くんと２人で食堂に行っているっぽい。
「あっ、ごめんね！　つい、興奮しちゃって」
　周りをキョロキョロ見渡してあわてる明日香ちゃんも可愛いな……って、違う違う！
「けど、これで一緒にいられる時間がもっと増えるからよかったね！」
「うーん……でもね、一緒に住むのすごくドキドキしちゃって……。そのせいで不自然さ全開だからどうしようってなってて……」
　なんて会話をしていたら。
「芦名さーん？」
　前の戸のほうからわたしの名前を呼ぶ、女の人のきれいな声が聞こえた。
　視線を向けてみれば、養護教諭の古川先生がいて、急いでそちらに行く。
「あなた、今日保健委員の当番忘れてたでしょ？」
「えっ……あっ、今週わたしでしたっけ!?」
「そうよ〜。今週は芦名さんの当番」
　わたしは保健委員に入っている。
　当番は週ごとに交代制で、今週当番だったことをすっかり忘れていた。
　保健委員の仕事はお昼休みと放課後、保健室に来る人た

ちの手当てをしたり、体調が悪い人の状態を聞いたり、古川先生のお手伝いをしたり。
　他にもたくさん仕事はあるけど、メインはそういった作業が多い。
　中学のときから保健委員をやっているから、ある程度の手当てくらいはできる。
　高校1年生のとき、保健委員になって真面目(まじめ)に仕事にとり組んでいたら、古川先生に気に入られたみたいで、2年生の今も引き続き保健委員として活動している。
「もうお昼休みは終わっちゃうから、放課後よろしくね？　部活動でケガした子とか来ると、わたし1人じゃ手におえないから」
「あっ、わかりました……！　放課後は必ず行きます！」
「芦名さんはしっかりしてるし、手当てもきちんとできるから頼りにしてるのよ？　よろしくね？」
「は、はいっ……！」

　こうしてお昼休みは終わり、残りの2時間の授業もあっという間にすぎて迎えた放課後。
　依生くんに、今週は保健委員の当番だから一緒に帰れないことを伝えなくてはいけない。
　でも依生くんは午後の授業中ずっと机に突っ伏したまま寝ていて、今も変わらず起きる気配がない。
「いーおくん」
　眠っている依生くんの真横に立ち、声をかけて身体を揺

らす。
　すると、ピクッと肩が動いた。
「……ん、ほの……？」
　眠そうな声で名前を呼びながら、そのままわたしの腰のあたりに腕を回して抱きついてきた。
「ね、寝ぼけてるの？　みんな見てるよ……っ？」
「……いいんだよ、見せつけとけば」
　どうやら寝ぼけているわけではなさそう。
「あ、あのね、今週わたし保健委員の当番なの」
「あー、そうなの？　じゃあ、一緒に帰れない？」
　いつも当番の日は帰りが遅くなるので、依生くんには先に帰ってもらっている。
　とはいえ、依生くんはとても心配性なので、最初の頃はわたしの仕事が終わるまで待つと言ってくれていた。
　さすがにそれは悪いので断ったんだけど、なかなか納得してもらえなくて。家に帰ってから必ず依生くんに連絡することを条件に渋々折れてくれた。
「う、うん。待たせちゃうの悪いから、いつもどおり先に帰ってて？」
　わたしのお腹あたりに埋めていた顔をパッと上げると、少しだけ拗ねた表情を見せた。
「……帆乃と帰れないのやだ、無理。仕事なんてサボればいいじゃん」
「ダ、ダメだよ！　わたしが怒られちゃうもん！　それに古川先生１人で大変だからお手伝いしないと」

「ふーん。帆乃は優しいね」
　するとわたしから離れて立ち上がった。
「んじゃ、先帰ってるね」
　なんとか納得してくれて、よしっ！って思っていたら。
　誰にも聞こえないように、そっと耳元で。
「……帰ったら帆乃のことたくさん独り占めするから」
「っ！」
　また、たまに見せるイジワルさにドキッとさせられたのは、ぜったいに内緒。

　依生くんと教室で別れてから急いで保健室へと向かう。
　ガラガラッと戸を開けて中に入ってみると古川先生の姿があった。
「あ〜、芦名さん！　待ってたわよ！　わたしね、今からちょっと緊急で会議に出ないといけなくて。しばらくここ空けるから、保健室の当番よろしくね！」
「あっ、わかりました！」
　古川先生はあわてて保健室から出ていき、1人残ったわたしはイスに座って窓の外を眺める。
　保健室はグラウンドに接しているので、野球部やサッカー部、陸上部の人たちの練習風景がよく見える。
　今日は誰が来るのかなぁと思いながら、ボーッと過ごしていると戸が開いた音がした。
　早速来たみたい。
　音がした入り口のほうをチラッと見てみる。

「あれー、先生いないんですか?」
　やってきたのは男の子。
　ネクタイの色を見ると、わたしたち2年生とは違って、赤色なので1年生だということがわかる。
　運動部でケガした子……ではないかな。
　制服着てるし。
　だとしたら体調が悪いとか?
「あっ、今先生は会議に出て不在なので、わたしが対応します!」
　すると、男の子は不思議そうな顔をしながらわたしのほうへと近づいてきた。
「変じゃない?　俺のほうが後輩(こうはい)なのに先輩(せんぱい)が敬語使ってるなんて」
　わたしのネクタイを指して言った。
「あっ、そうだね。じゃあ、敬語やめるね」
　あらためて男の子の顔をしっかり見てみると、とても整った顔の持ち主だった。
　かっこいいというより、可愛らしい愛嬌(あいきょう)のある顔立ち。
　動物にたとえるなら子犬みたいな。
　でも、背は高くて170センチは軽く越えていそう。
「……なーに、俺の顔すごい凝視(ぎょうし)しちゃって。なんかついてる?」
「えっ……あっ、ごめんね!　すごい整った顔してるからつい見とれちゃって」
　素直に思ったことを言うと、目をまん丸に見開いて少し

不信そうな顔でこちらを見てくる。
「それって天然？　それとも計算？」
「えっ？」
「そういうこと、あんま男に言わないほうがいいよ。誤解して変なことするヤツいるから」
「……？」
　あまり理解できず、ボケッとしていると。
「まあ、でも先輩すごい地味だから男は相手にしないかもねー」
　初対面なのに、かなり失礼なことを言われてムッとした。
　けど地味なのは事実だから仕方ないか……と内心ガックリ落ち込む。
　でも、気持ち切り替えて仕事しないと。
「えっと、じゃあまずこれ書いてください。名前とクラスと、どういう症状なのか」
　記入用紙とボールペンを渡すと、それを受けとって書き出したかと思えば。
「先輩、また敬語になってるよ」
「あっ、ほんとだ」
「地味な人って敬語使いがちだよねー」
「それは偏見だよ」
　さっきから地味地味って、かっこいいくせに女の子のことを見た目でしか判断しない、チャラいヤツにしか見えなくなってきた。
「ふーん、そう。ってか、これ書かなきゃダメ？」

「書いてください、決まりなので」
「お堅い人だねー。俺の苦手なタイプだあ」
　フッと笑った顔は、わたしのことをバカにしているように見える。
「指軽く切ったから、絆創膏が欲しいだけなんだけど」
　なんだかんだ嫌味を言いながらも書いてくれたので、受けとって内容を確認する。
　名前は桜庭葉月くん。
　女の子みたいな可愛い名前だなぁ……。
「ねー、今俺の名前見て、『女の子みたいな可愛い名前だなぁ』とか思ったでしょ？」
「えっ!?」
　思考を読まれたのかと思って、あわてて目線を用紙から桜庭くんの顔へ移す。
「へー、図星？　わかりやすいねぇ、単純」
　声のトーンからして、もしかしたら気分を悪くさせたのかもしれない。
　男の子なのに名前が可愛いとか思われるのたぶん嫌だろうし……。
　依生くんがそうだったから。
「やっ、えっと、可愛いっていうか、ほら桜庭くんの見た目によく合ってる名前っていうか……」
「それ見た目が可愛いって言いたいの？　やだなあ、女の子に可愛いって言われるの」
　うっ……地雷を踏んだ。

ますます気分を悪くさせてしまったっぽい。
「ご、ごめんね。もう話すのやめて、手当てするね」
　これ以上余計なことを話すと、ろくなことがなさそう。
「手当てって大げさじゃない？　指から血出てるだけなんだけど」
「止血(しけつ)はちゃんとした？」
「知らない」
「知らないって……」
「なんか知らないうちに切れてたから」
　手を見せてもらうと、人差し指を軽く切っている。
「もしかして紙で切ったのかな」
「紙で指って切れるの？」
「うん、案外紙って鋭(するど)いんだよ。油断すると簡単に切れちゃうし、地味に痛いし」
「へー、そう」
　血は止まっているみたいなので、軽く消毒をして、絆創膏を用意して貼ってあげた。
「はい、これでいいよ。絆創膏は時間が経ったらきちんと清潔なものにとり替えてね？　2枚くらいあげるから」
「ん、どーも」
　救急箱をバタンッと閉じて、棚(たな)にしまっていると。
「ねー、先輩」
「な、何？」
　急に背後に立たれて、驚(おどろ)いて上ずった声が出た。
「……名前教えてよ」

「な、名前？　えっと、芦名帆乃ですけど」
　知ってどうするんだろうって思いながら答える。
「ふーん、聞いたことないなあ。帆乃先輩ね、覚えとく。手当してくれてありがとう」
「う、うん」
　フッと、背後の気配がなくなったので、そのまま振り返ると——。
「あー!!　そこの人避けて!!」
　窓の外から急に焦るような男の子の声が聞こえてきた。
　まさか、『そこの人』が自分だとは思わなくて、声がしてからすぐ、頭にドンッとかなり強い衝撃が走った。
「う……っ、いた……っ」
　どうやらグラウンドからサッカーボールが飛んできたみたい。それが運悪く窓から入ってきて、わたしの頭に直撃したようだ。
「うわー、クリーンヒットじゃん。大丈夫？」
　桜庭くんが声をかけてくれるけど、正直それどころじゃない。
　ボールが当たった反動でメガネが飛んでいってしまい、髪もぐしゃぐしゃになってしまった。いったんほどかないと……。おまけに少しだけクラッとした。
「わー、すみませんでした!!　大丈夫ですか!?」
　飛んでいったメガネを桜庭くんが拾ってくれている間に、ボールを蹴った張本人である男の子があわてて窓のほうから謝りに来てくれた。

「あっ、大丈夫だよ。冷やせばなんとかなりそうだから」
　ついでに飛んできたサッカーボールを渡してあげる。
「え……、あ……っ」
　何やら言葉が出ないみたいで、顔が一瞬にして真っ赤になっている男の子。
「だ、大丈夫？　顔赤いよ？」
　熱があるのかもしれないと思い、手を伸ばしてピタッと男の子の頬に触れると、すごくびっくりした顔をしながら、ササッと身体を後ろに引いた。
「……やっ、だ、大丈夫です!!」
　すごいあわてっぷり。
　わたし何かしたかなぁ……？
「なーんだ、ボール蹴ったの倉橋なの？」
「うおっ、葉月!!」
　わたしの後ろから桜庭くんが男の子に話しかける。
　どうやらこの男の子は倉橋くんというみたいで、桜庭くんと知り合いらしい。
　ということは1年生かな？
「お、おい葉月！　あの可愛い人、誰!?」
　わたしの顔を見ながら、倉橋くんが桜庭くんに話している会話が聞こえる。
「はぁ？　今ここに可愛い人なんていないよ。なに言ってんの倉橋。彼女いないからって、ついに幻覚見えてんの？」
「いや、お前の目は節穴か!?　目の前にとんでもねぇ可愛い人いるだろーが!!」

「目の前って……。あの地味メガネの先輩？」
「いや、どこが地味なんだよ！　つか、メガネしてねーし、めっちゃ可愛いかったし！　あんな可愛い人見たことねーんだけど!!」
　何やら楽しそうに話しているのでお邪魔(じゃま)かなと思い、その場を離れることにした。
　とりあえず髪を結い直さなきゃ。
　持ってきたカバンの中からブラシを出して髪をといていく。すると。
「ねー、帆乃先輩」
　急に後ろから桜庭くんに名前を呼ばれて、振り返ろうとしたら。
「……ひぇっ!?　ちょっ、何!?」
　いきなりガバッと抱きつかれて、びっくりして肩に力が入る。
　それと同時に、桜庭くんからバニラのような甘い匂いが漂(ただよ)って鼻をかすめる。
「さっき先輩にボールぶつけた倉橋がさー、ここにめっちゃ可愛い人がいるって言ってた」
「……？」
「今ここにいるの、俺と先輩だけなんだよね」
　なんだか、桜庭くんの雰囲気がさっきと違うように感じるのは気のせい？
「倉橋が言ってたことがいまいち信じられないからさ……。今ここで先輩の素顔見せてよ」

素顔を見てどうするんだろう……？
　わたしが地味なのは変わらないのに。
　このまま桜庭くんのほうへ振り向きたくないのが本音。
　だって今、髪ボサボサだし。
「と、とりあえずメガネ返して……っ。あ、あと髪結ぶまで少し待って……！」
「やだよ、今のままの姿見せてくれないと意味ない」
「うっ……」
「倉橋ってめちゃくちゃ面食いだから。アイツが褒めるってことは相当可愛いのかなーって」
　お願いだから引き下がってよぉ……。
「そ、そんなことないよ。わたし地味だし……。桜庭くんだってさっきそう言ってたじゃん」
「その地味な姿が仮のものだとしたら？」
「え？」
「本当は可愛いのに、それを隠してるとか」
「っ、そんなことない……から」
「じゃあ、たしかめさせてよ。帆乃先輩のほんとの姿」
　身体をくるりと回されて、桜庭くんと向き合う形になる。
　顔を見られたくないので下を向いた。
「そうやって隠すってことは図星？」
「やっ、違う……っ」
　あっ……、やってしまった。
　否定するのに必死で、思わず顔を上げて——。
「……は？」

わたしの顔を見るなり、桜庭くんは驚きながら目をまん丸にする。
「うわ、何これ……っ」
「……？」
「っ、予想以上の破壊力……」
「あ、あのっ、早くメガネ返して……っ」
　必死に訴えると、桜庭くんの顔がさっきの倉橋くんみたいに赤くなっていく。
「やばい……。すごく俺の好きな顔……」
「さ、桜庭くん？」
　すると、わたしの顔をジッと見つめて言う。
「ねぇ帆乃先輩、なんでそんな可愛いの？」
　グイッと顔を近づけてくるので、びっくりしてとっさに身体を後ろに下げた。
「ダメ、逃げちゃ。俺の質問に答えてよ」
「や、だからわたし可愛くないし……！」
「へー、自覚してないの？　だとしたら、俺と倉橋だけ？　帆乃先輩がこんなに可愛いこと知ってるの」
「自覚も何も……」
「だってわざと地味な格好してるんでしょ？　隠す意味ないじゃん。他にいるの？　帆乃先輩のこの姿知ってる人」
「い、いる……よ」
「へー、いるんだ？　友達とか？」
「友達も知ってるけど……。幼なじみがいちばんよく知ってる、かな」

たぶん、わたしのことをいちばん知っているのは依生くんだから。
「幼なじみいるの？　それって男？」
「うん、そうだよ」
　すると桜庭くんの顔が歪(ゆが)んでいくのがよく見えた。
「もしかしてさ、帆乃先輩がそんな地味な格好してる理由って、幼なじみになんか言われたからとか？」
「それは違う……かな。中学生のときにいろいろあったから。あっ、でも依生くんもこの格好してるほうがいいって賛成してくれてるし」
「ふーん、依生くんっていうんだ。じゃあ、帆乃先輩の可愛い姿は今までぜんぶ幼なじみが独占してたんだ？」
「ど、独占って別にそんなのないよ」
「その幼なじみとは付き合ってるの？」
「ちょっと待って桜庭くん！　さっきから質問ばっかりじゃん、どうしたの？」
　急に距離を縮めてこようとするし、質問攻(ぜ)めすごいし、いったいなんなの……っ！
「どうしたのって、先輩のこと気になるから聞いてんの。教えてよ、付き合ってるのか」
「つ、付き合ってないよ。わたしの一方的な片想い……だから」
　あぁ、もう……、初対面の後輩くんに何言ってるんだわたし。
「へー、片想いしてるの？　じゃあその幼なじみやめて、

俺にしない?」
「は、はい?」
　えっ、ちょっとなんか話飛んでないかな!?
　さっきから、すごいグイグイ迫ってこられているような気がするんだけども。
「いーじゃん。俺の彼女になってよ、帆乃先輩」
「えっ、い、意味わかんない!　いきなりすぎ!!」
「可愛いから好き。これじゃダメ?」
「ダ、ダメ!　相手のことをよく知らないのに、好きなんて簡単に言っちゃダメだよ!」
　それに、さっきまでわたしのこと地味地味ってバカにしてたくせに!
「じゃあ、よく知ったらいいの?」
「そ、それは……」
「んじゃ、俺、今日から帆乃先輩と仲よくする。ね、いいでしょ?」
　うっ……、なんだか子犬にねだられているみたいで、ダメだってはっきり言えない。
「な、仲よくするくらいはいいけど」
「じゃあ、友達からね」
　そう言いながら、わたしをギュウッと抱きしめてくる。
「ちょっ!　友達なのに抱きつかないで!」
「えー、ケチだなあ。いいじゃん減るもんじゃないんだし」
「さ、桜庭くんはスキンシップ激しすぎ!」
「桜庭くんじゃなくて、葉月」

「はい?」
「葉月って呼んで。友達なんだから、いいよね?」
　もう本当に後輩とは思えないくらいグイグイくるから押されっぱなし。
「わ、わかった、葉月くん!」
「ん、それでいいよ。じゃあ、これから帆乃先輩のこと全力で落としにいくから覚悟(かくご)してね」
　こうしてなぜか、小悪魔(こあくま)のようなとても厄介な後輩くんに懐かれてしまいました。

依生くんの甘さは止まらない。

　あれから葉月くんは、わたしの保健委員の仕事が終わるまでずーっと保健室にいた。
　ようやく仕事が終わって帰ろうとしても、送っていくとか言ってきたりするし。
　もちろん、家まで来られて依生くんと住んでいることがバレてしまうのはまずいので全力で断った。
　葉月くんの積極性はかなりすごくて、相手にしていたら疲れたなぁ……。

　電車に乗って、やっと家に帰ってこられた頃には夕方の6時半をすぎていた。
　玄関の扉を開けて靴を脱いでいると、タイミングよくリビングから依生くんが出てきた。
「あっ、ただいま」
　すると、依生くんは何も言わずつまらなそうな顔をしながらわたしのところまで来て、腕を引いてきた。
「……おかえり。今、帆乃不足で倒れてたところ」
　耳元で聞こえる依生くんの声。
　この声を聞くと自然と落ち着いて、ホッとする。
「遅くなってごめんね。いろいろやってたらこんな時間になっちゃって……」
　わたしを抱きしめたまま離してくれない。

すると、依生くんの肩が一瞬ピクッと跳ねた。
「……甘ったるい匂い」
「え？」
　一瞬とても低くて、冷たい声が耳に届いた。
　ボソッと言ったのでいまいち聞きとれず、聞き返そうとしたけど……。
「いったん着替えておいで。早く帆乃のこと充電(じゅうでん)させてよ」
　すぐにいつもの感じに戻ったので、さっきの声のトーンは気のせいだったのかな……？
　言われたとおり部屋に戻って部屋着に着替えた。
　いつも着ている部屋着は、グレーのマキシ丈ワンピース。
　家にいるときは、これくらいゆるいほうがラクだし、過ごしやすいからいいかなって。
　さっきの依生くんの様子が引っかかるので、着替えを終えて急いでリビングに向かう。
　あっ、もしかして少し機嫌が悪そうに見えたのは、お腹がすいているから？
　依生くんと一緒に住み始めてから、家事はほとんどわたしがやっている。
　もちろん、ぜんぶわたしに任せるのではなくて、依生くんもできることは手伝ってくれている。
　家事全般(ぜんぱん)は昔からお母さんの手伝いをしていたので、ある程度のことはできるほうだと思う。
　リビングの扉を開けて、すぐにキッチンへと行き料理にとりかかろうとする。

「ほーの」
「うわっ、びっくりした!」
　キッチンでエプロンのひもを結んでいると、後ろから依生くんが抱きついてきた。
「なんで僕のほうに来ないでキッチンに行くの?」
　拗ねた声で不満そうに聞いてくる。
「依生くん、お腹すいてないかなって」
「お腹すいた」
「う、うん。だから今から作るね?」
「帆乃のこと食べたい」
「うん。……ん!?」
　わたしを食べるってどういうこと……!?
「僕、今お腹すかせたオオカミなんだよ」
「わたしは食べても美味(おい)しくないよ?」
「んー、ぜったい甘いよ。たぶん止まんなくなるくらい、夢中になるから」
　いまいち会話が噛み合ってないような……。
「と、とりあえず今から準備するね?」
「ん、じゃあずっと帆乃にくっついてる」
「えぇ……」
　くっついたまま離れてくれそうにない。
「うっ、これじゃ料理できないよ!」
　キッチンに立って野菜を切っているわたしの後ろには、ガッチリくっついたまま離れない依生くん。
「僕のことは気にしなくていいから」

気にしなくていいって言われたって……。
　好きな人がこんなふうに近くにいて、気にならないわけがない。
　お腹のあたりに依生くんの腕がしっかり回ってきているから、身動きがとりにくいし、ひたすらドキドキと戦いながら料理をしなくてはいけない。
「なんかさー、帆乃少し痩せた?」
　依生くんの大きな手が、平気でわたしのお腹を触る。
「ちょっ、やだっ!　触らないで!」
　いくらなんでもこれはやりすぎ……!!
「なんで?　帆乃だから触りたいのに」
「やっ、太ってる……から!　それにくすぐったいから、やめてほしいの」
　どの理由も本当だけれど、いちばんの理由は依生くんに触れられるのが我慢できないから。
　恥ずかしくて耐えられっこない。
　そんなこんなで、ひっつき虫の依生くんがくっついたまま、なんとかごはんの準備を終えて、食事をすませた。

　時間がすぎるのはあっという間で、お風呂に入って寝る準備を整えたら、気づけばもう夜の11時。
　あれから、依生くんは隙あらばわたしにくっついてばかりで離れてくれない。
　しまいには。
「ねー、帆乃。今日一緒に寝よっか」

平気でとんでもないことを言い出すから、動揺しないわけがない。
「む、無理だよ……！」
「なんで？　昔はよく一緒に寝てたじゃん」
　今と昔を比べちゃダメだよ。
　小さい頃は意識なんてすることはなくて平気だったけど、今はそうもいかない。
「今と昔は違う……よ」
　依生くんにとってわたしは、何年経ってもただの幼なじみでしかないのかな。
　わたしは違うのに……。
　その差がなんだか虚しくなった。
「じゃあ、いいよ。無理やり連れてっちゃうから」
「……へ！？　うわっ、ちょっ！」
　わたしの身体をひょいっと簡単に抱っこして、抵抗してもおろしてもらえない。
　依生くんが使っている部屋に運ばれてしまい、あっという間にベッドに身体を倒された。
「力ずくなんてずるいよ……！」
　そのままわたしを抱き枕にして眠ろうとするから、必死に抵抗するけど、まったくきかない。
「……おとなしくしないと変なところ触るよ、いいの？」
　冗談に聞こえない声で、わたしの背中を指先で軽くなぞってくる。
「や……めて……っ」

昔は依生くんの腕の中で眠るのは心地よかったのに、今は鼓動(こどう)が落ち着かなくて、ジッとしているだけなのに耐えられそうにない。
「今日の依生くんイジワル……っ」
「帆乃が悪いんだよ」
「え？」
　いったいどういうこと……？
「……僕が気づいてないとでも思ってる？」
「な、何を……？」
「……帰ってきて帆乃を抱きしめたとき、甘いバニラの匂いがした」
　甘いバニラ……。
　頭の中に、葉月くんの顔が思い浮かぶ。
「僕のでも、帆乃のでもない、他のヤツの匂い。匂いが移るってことは抱き合ったりした……とか」
　あからさまに動揺を表すように、身体をピクッと震わせてしまった。
　顔は依生くんの胸に埋めているから見られずにすんだものの、今のわかりやすい反応は肯定(こうてい)したも同然。
「……今日、帆乃は誰と一緒にいたの？」
「っ……、えっと……」
「その様子からすると男？」
　……明らかに依生くんの声が、ワントーン下がったのがわかる。
「じ、じつは今日、後輩の男の子に友達になってほしいっ

て言われて」
　この際だから、葉月くんのこと話してもいいかな。
　何も隠すことないし……。
「なんで急に？」
「わ、わかんない。最初はわたしのこと地味だって言ってたのに、急に可愛いって言い出すからよくわかんなくて」
「もしかしてさー、そいつの前で素顔見せたとか？」
「あっ……うん。たまたま外からサッカーボールが飛んできて、それが頭に当たったときにメガネが飛んじゃって、髪も崩れちゃったから……」
　どんくさいって言われちゃうかな……とか思っていると、依生くんはギュッと抱きしめる力を強くした。
「……はぁ、だから嫌。帆乃の素顔を他のヤツに見せると、ろくなことない」
「え……？」
「ケガとか大丈夫だった？　頭は痛くない？」
「う、うん、大丈夫……！」
　こうやってケガの心配をしてくれるの優しいなぁ。
「……まあ、今回のは不可抗力だから仕方ないか。でも、そいつは早めに消さないと厄介だね」
　あれ、なんか今すごく物騒な言葉が聞こえたような気がする……。
「今度その後輩の子に会わせてよ。名前なんていうの？」
「あっ、うん。桜庭葉月くんって子なんだけど」
　依生くんが他人に興味を持つなんて珍しいなぁと思いな

がら答えると。
「……ふーん、桜庭葉月か。あんまりいい噂(うわさ)聞かない男だね」
「え？」
「なんでもない、帆乃は知らなくていいこと」
「……？」
　たぶんこれ以上深く聞いても答えてくれそうにないので黙り込むと、依生くんはわたしの頭をポンポンと撫でながら言った。
「……帆乃は僕のだって教えてやらないとね」
　いつもより、数倍低くてしっかりした声に少しだけびっくりしたせいで、もう抵抗できなくなってしまった。
　そのまま依生くんの腕の中で朝を迎えたけど、まったく眠ることができなかったのは言うまでもない。

依生くんと葉月くん。

あれから数日がすぎた。
1週間、保健委員の当番でお昼休みと放課後は保健室にいたんだけど、用もないのに葉月くんが毎日やってくる。
「保健室はケガした人とか、体調が悪い人が来るんだよ」って言っても、「俺、帆乃先輩に会えないと死んじゃう病だから」とかわけのわからないことを言ってばかり。
そして、ようやく当番の1週間が終わった。

「はぁ……やっと葉月くんから解放された」
先週1週間のことを思い出して、思わず漏れてしまったひとり言。
これを聞き逃さなかったのが明日香ちゃん。
さいわい、依生くんは今席にいないので、聞かれずにすんだ。
ホームルームが終わってから、1時間目が始まるまでまだ少し時間があって、明日香ちゃんが勢いよく身体ごとこちらを振り返った。
「葉月くんとは!?」
興味津々で身体を机に乗り出してまで聞いてくる。
「あっ、えっと、最近仲よくなったっていうか、懐かれてる後輩の男の子かな」
「帆乃ちゃんに男の影!?」

お、男の影って、そんなゴシップニュースみたいに言わなくても……。
「保健室でケガの手当てしたらなんか懐かれちゃって」
「へぇ～、さすが帆乃ちゃん！　やっぱり男の子にモテるんだよ～！　いつも三崎くんのガードがあるから近づいてくる子いないけど……」
「うーん、モテてるってわけじゃ……」
　たぶん、葉月くんのことだから、からかうのが楽しいとかじゃないのかなぁ。
「その葉月くんってどんな子？　イケメンさん？」
「うーん、かっこいいっていうより、可愛い感じの子かな。動物にたとえるなら子犬みたいな」
「あっ、あそこにいる子みたいな感じ？」
「え？」
　偶然にも、明日香ちゃんが指さした廊下のほうに立っている人物。
「あの子さっきからずっと教室の中覗いてるよね。誰かに用事かなぁ？　１年生っぽいけど」
「……えっ、あっ、葉月くん!?」
　姿を見つけて反射的に大きな声を出してしまい、明日香ちゃんは驚いた顔をしたし、わたしの声に気づいた葉月くんとばっちり目が合った。
　そして、口パクでわたしの名前を呼びながら、こっちに来てと手招きしている。
「あの子が噂の葉月くんか～！　たしかに可愛い感じの子

だね！　帆乃ちゃん呼ばれてない？」
「あっ、うん。何か用事かな。ちょっと行ってくるね」
　自分の席から立ち上がって、急いで葉月くんがいるほうへ向かう。
「帆乃先輩お久しぶりー」
「お久しぶりって、先週ずっとわたしの仕事邪魔しに保健室に来てたじゃん……！」
「邪魔ってひどいなあ。会いたいから行ってたのに」
　フッと笑いながら、わたしの髪に手を伸ばして指先でくるくる絡ませて遊んでいる。
「ちょっ、そんなに触らないで！　髪ぐしゃぐしゃになったら結い直さないといけないんだから……！」
　今日も変わらずいつもと同じ位置に２つ結びをしているから、崩されて結い直すのは避けたい。
「んー、俺は帆乃先輩が髪おろしてるの好きだなあ。あとメガネとった顔も」
　にこにこ笑ったまま、わたしのメガネに自然と手を伸ばしてきたので、阻止するためにその手をつかむ。
「わー、積極的だね。先輩のほうから手握ってくれるなんて」
　わたしが必死になってる様子を、からかっているに違いない。
　こちらからつかんだはずなのに、今は逆転してわたしが葉月くんに手をつかまれている。
　可愛い顔をしていても、力の強さはさすが男の子だ。
「ねー、先輩。せっかくだし今から２人で授業サボろ？」

つかまれた腕を引かれて、連れ出されそうになるのを止めようと、そんなことできないって拒否(きょひ)する前に——。
「……僕の帆乃をどこに連れていく気？」
　急に後ろから強い力で引かれて、声の主のほうへと身体が持っていかれた。
「帆乃、ダメでしょ。よく知らない男に簡単についていこうとしちゃ」
　首をくるっと後ろに向けると、そこにいたのは依生くん。
　表情をうかがうと、葉月くんのほうを鋭い目つきで睨んでいるのがわかる。
「よく知らないなんて失礼ですね。俺と帆乃先輩、結構仲いいんですよ？」
「へー、それはキミの勘違(かんちが)いとかじゃなくて？　帆乃は誰にでも優しいからね」
　依生くんの話し方はいつもと変わらないみたいに感じるけど、どことなく怒りを抑えているような……。
　すると、葉月くんの目線がわたしのほうを向いた。
「ねー、帆乃先輩。この人が前に言ってた幼なじみ？」
「あっ、うん。幼なじみの三崎依生くん」
「ふーん、この人が幼なじみね」
　葉月くんの目線がすぐに依生くんに移った。
　そしてジーッと見ながら「へー、かっこいいね」と褒めてくれたので、自分のことのように嬉しくなったのもつかの間。
「ただの幼なじみなのにすごい独占欲ですね。彼氏でもな

いくせに」
　にこっと笑いながら、吐き捨てられた言葉にはだいぶ嫌味が含まれているように聞こえる。
「そっちこそ、僕の帆乃にずいぶん馴れ馴れしい態度だね。ただの後輩のくせに」
　妙に"僕の"が強調されていたような気がする。
「そうですかね。これくらい普通ですよ」
　２人とも顔は笑っているのに、目が笑っていない。
「キミの普通って僕にとっては全然普通じゃないから。あんまり帆乃に変なことは教えないでほしいね。この子すごく純粋だから」
「へー、そうやって帆乃先輩を他の男に近づけないようにしてるんですね。可愛い素顔はぜんぶ自分が独占したいってやつですか？」
「ふっ、そうだね。僕しか知らない可愛い帆乃を他のヤツには見せたくないから。もしキミが帆乃の可愛さを知ったなら、今すぐその記憶を抹消してあげたいくらいだけど」
「ただの幼なじみのくせに、そこまで独占する権利ってあるんですかね」
「それは僕と帆乃の問題だから。部外者のキミには関係ないから首突っ込まないでくれる？」
　２人の会話のスピードと内容が、どんどんヒートアップしていく。
　頭の回転の速さ、どうなっているんだろう……なんてどうでもいいことを考えていると。

「おーい、とり込み中のところ悪いんだけど１時間目の授業移動ってこと忘れてないか？　そろそろ準備しないと間に合わないから早く切り上げろよ？」
　タイミングよく、花野井くんがわたしたちの前に現れて声をかけてくれた。
「あー、そうだったね。というわけで、キミと話してる時間はもうないから」
　依生くんが、葉月くんから引き離すようにわたしの手を引く。
　残された葉月くんが「嫉妬丸出しで余裕ないんだなあ。ますます奪ってやりたくなる」
　こんなことをつぶやいていたなんて、わたしは気づくこともなかった——。

　そして迎えた放課後。
　いつもどおり依生くんと一緒に帰ろうかと思ったんだけど、お昼休みからずっと姿が見当たらなくて、授業をサボっているみたい。
　たまに授業を抜け出しているから、あまり珍しいことではないけど、いつも放課後には戻ってくるのになぁ。
　スマホを確認しても連絡は来ていないし。
　どこにいるかもわからないので、とりあえず教室を出て帰ろうとしたとき。
「あれ、今日１人？　依生のヤツどうしたの？」
　花野井くんに声をかけられて、足を止めて振り返る。

「あっ、なんか姿が見当たらないし、連絡もなくて。お昼休みまでは花野井くんと一緒だったよね？」
「あー、昼は一緒だったけど、恐ろしい顔して黙ったままだったからなー」
「機嫌悪いのかな」
「悪いんじゃないかなー。アイツ自分の気に入らないことあったりすると、あからさまに態度に出るから」
「そ、そっか」
　じゃあ、わたしからはあんまりしつこく聞いたりしないほうがいいのかな。
　これ以上機嫌を損ねたら大変だし。
「まあ、依生が不機嫌なときはだいたい帆乃ちゃんが絡んでるからね。今日なんて笑いながらキレてたし」
「えっ、そうなの？」
「そうそう。たぶん今朝のことが原因だろうけどさ」
「今朝のこと……」
「帆乃ちゃんのとこに後輩の男の子が来てたでしょ？」
「あっ、葉月くんのことかな。なんか2人とも相性悪いみたいで、空気がすごく悪くて」
「そりゃ依生は帆乃ちゃんのこと渡したくないだろうし、後輩くんは帆乃ちゃんのこと狙ってんだもん。空気悪くなるよ」
「いや、葉月くんはわたしのことからかってるだけ——」
「んー、それは違うと思うけど。依生もそれをわかってるから、帆乃ちゃんを奪われたくないんだよ」

花野井くんはまるで、すべてわかっているような口調で話すけれど……。
　だったら、依生くんがどうしてそこまでわたしを手放したくないのか教えてよって言いたくなる。
　だって、しょせんただの幼なじみなのに……。
「依生のヤツ愚痴漏らしてたよ。帆乃ちゃんにつきまとってるから邪魔だし排除しないとって。顔笑ってるのに、恐ろしいこと言い出すからさ」
「排除って……」
「まあ、俺が２人の関係にとやかく口出すつもりはないけど。もし帆乃ちゃんの気持ちが依生にあるなら、あんまり他の男と仲よくするのは控えたほうがいいかもね。俺から言えることはこれくらいかな」
　花野井くんには、わたしが依生くんを好きだって話したことはない。
　この気持ちを知っているのは明日香ちゃんだけ。あと、葉月くんも知ってるか……。
　でもたぶん、洞察力がある花野井くんは気づいていると思う。
　……わたしの気持ちが依生くんにあることを。
「怒らせると俺も手におえないよ。帆乃ちゃんのことになるとアイツ本気で狂っちゃうから」
　花野井くんの忠告ともいえるものは、本当なのか冗談なのかわからないけれど。
　もし、わたしが葉月くんと仲よくすることで依生くんが

嫌な思いをするなら、極力それは避けたい。
　それに誤解もされたくない。
　わたしの気持ちはいつだって依生くんでいっぱいで、依生くんのことしか想っていないのに。

「遅いなぁ……」
　時刻は夜の9時を回っている。
　あれから家に帰ってきたわたしは、ずっと依生くんの帰りを待っていた。
　だけど帰ってくる気配はない。
　何度も何度もスマホをタップして、連絡の通知を確認するけどいっさいなし。
　こちらから連絡するのは気が引けて、していない。
　今わたしはリビングのソファにグダッと寝転んだまま、電気の明かりをボヤッと眺めている。
　今朝、葉月くんと一緒にいたとき、依生くんの様子は明らかにおかしかった。
　……いつも冷静な依生くんがムキになって、とり乱していたように見えた。
　花野井くんの言うとおりなのかな……。
　もしかしたら今朝のことが原因で、依生くんの機嫌を損ねているのかもしれない。
「はぁ……」
　依生くんがそばにいなくて、連絡がとれないだけでわたしの気分はここまで落ち込む。

こんな時間までどこに行っているんだろう、誰といるんだろう……？
　ふと、嫌な予感が胸の中を支配した。
　……もしかして、女の子と一緒……とか。
　まさか……そんなことあるわけない。
　そう思いたいのに、なぜか不安は煽られる一方。
　依生くんは女の子にだらしない性格じゃない。
　かっこよくてモテるからって、いろんな女の子に手を出しているわけでもない。
　ただ……依生くんみたいな男の子が甘いひと言をささやけば、女の子は確実に落ちる。
　今まで感じたことがない不安に襲われていると、シーンと静まり返る中、リビングの扉が開いた音がして思わずビクッとした。
　そのまま身体をソファから起こし、視線を扉のほうに向ける。
「あ……、おかえり」
「……ただいま」
　そこにいたのは、もちろん依生くんで。
　チラッと見えた表情はいつもより険しくて、声のトーンも少しだけ無愛想に感じた。
　中に入ってくると、わたしのほうは見ずにキッチンのほうへ行き、冷蔵庫からペットボトルのお茶を出して飲んでいた。
　その姿を遠くからジッと見ていると。

「……何?」

依生くんがこちらを見た。

ほら、やっぱり花野井くんが言っていたとおり機嫌があんまりよくない。

わたしは無言で依生くんのそばに近づく。

そして、控えめに依生くんの制服の裾をキュッと握った。

「……何、この手」
「怒ってる……の?」
「……そんなこと聞いてどーするの?」
「っ……」

何もそんな急に冷たくしなくてもいいじゃん……って思うけど、それは口にしない。

「逆に聞くけど、なんで僕の機嫌が悪いか帆乃はわかんないの?」
「……葉月くん……のこと……?」

葉月くんの名前を出したら、あからさまに嫌そうな顔をされた。

そして、わたしが聞いたことに対する答えは返ってこないまま。

「……ねー、帆乃」
「な、何……?」
「こんな遅い時間まで、僕がどこで誰と一緒だったか聞かないの?」

話の展開は、思わぬほうへ向いた。

気になってはいたけど、勇気が必要で聞けなかったこと。

だって、もし女の子と一緒だったなんて言われてしまったら……。
　　その可能性は限りなくゼロに近いはずなのに。
「誰と一緒だったか……聞いたら答えてくれる……の？」
　　思わずぎこちない口調になる。
　　すると、依生くんは表情をまったく崩さずに、はっきり言った。
「答えてあげるよ。女の子と一緒にいた。それだけ」
　　抑揚(よくよう)のないトーンで吐き捨てられた言葉。
　　頭にドンッと衝撃を受けて、心臓が一度強く音を立てたかと思えば、一瞬にして周りの音が聞こえなくなった。
　　『女の子と一緒にいた』その言葉がどれだけわたしの胸をえぐっているか、依生くんはわかってない。
　　聞かなきゃよかった。
　　後悔と、苦しさと、悲しさと、嫉妬……たくさんの感情が胸の中を支配して、それがすべて涙に変わりそうになる。
　　あぁ……やだ、泣きたくない。
　　だから嫌なんだ、幼なじみなんて……。
「……たまには帆乃以外の女の子もいいね。可愛らしいから、なかなか離してあげられなくて遅くなったんだよね」
　　いつもの依生くんじゃない……。
　　まるでわたしに見せつけているみたいだ……他の女の子との関係を。
「……そ、そっか。楽しかったなら……よかった……っ」
　　情けない……。

声がバカみたいに震えて、涙をこらえきれない。
　よかったなんて、微塵も思っていない。
　とっさにうつむいて、依生くんに背を向けた。
　自分の中にある、醜くて黒い感情がドバッと出てくる。
　その中でいちばん強いものは嫉妬の感情。
　彼女なら堂々と、『依生くんはわたしの』って言えるのに……。
　幼なじみって立場だと言えないなんて……。
　——こういうとき、幼なじみは不利に働く。
　何も言わず、涙を見られたくないので隠すようにその場を去ろうとすれば……。
「逃げないでよ……帆乃」
　さっきまでとは打って変わって、声のトーンがどこか優しくて、動きを止めてしまう。
　そして、あっという間に依生くんの大きな身体に後ろから包み込まれた。
「やだ……っ、離してよ……」
　抵抗して逃げ出したいのに、それとは裏腹に依生くんの体温を感じてドキドキしてしまう矛盾が生じる。
「……抵抗なんてしても無駄なのに？」
　甘い声が耳元で聞こえて、ピクッと身体が跳ねる。
　そして、首元にかかる髪をスッと持ち上げられた。
「……僕以外の男のことなんて、考えられないくらいにしてあげようか」
「……やっ、……んっ」

首筋にやわらかい唇があてられ、自分のものとは思えないくらい甘ったるい声が出て、身体は一瞬で熱を帯びる。
「我慢しなくていいよ。帆乃の可愛い声もっと聞かせて」
　さっきまで冷たかったくせに、急に甘い言葉と甘いキスで簡単にわたしを落としてしまう。
「はな……して……っ」
　甘い毒に侵されているみたいに、身体が言うことをきかなくて、力が抜けていく。
「……嫌なら振りほどいて逃げればいいじゃん」
　なに言ってるの……。
　そんなこと言うくせに、離さないようにしっかり抱きしめながら、弱いところを攻めてきて──逃がしてくれないのは依生くんのほうじゃん。
「まあ、その様子だと無理だろうね。身体は正直だから、気持ちいいことされると無抵抗になるんだよ」
　ただ、身体に少し触れられて、首筋に軽くキスをされているだけなのに、異常な緊張と恥ずかしさから、力が抜けて息が上がる。
「ほーら、こっち向いて顔見せてよ」
「……ん」
　自分の身体を支えることも危うい状態のわたしは、依生くんにされるがまま。
　身体の向きをくるりと変えられて、上を向かせられる。
「……僕にされるがままになってるその顔、たまんないね」
　頭がボーッとして、抵抗する力はない。

「ねー、ちょっとだけ帆乃のこと食べていい？」
「……へ？　食べるって……」
「帆乃が僕を妬かせるから。それのお仕置きってことで」
　イジワルく笑った顔が一気に近づいてきて、思わずギュッと目を閉じた。
　甘いキスが、頬に軽く落ちてきてビクつく。
　こんなのぜったいおかしい。
　幼なじみはこんなことしないって言いたいのに。
「……そんな無防備に目閉じたら、唇にキスされても文句言えないよ？」
　今ここで依生くんを突き放せば、わたしから離れて他の子へ行ってしまう気がして、黙ることしかできない臆病な自分。
「何も言わないんだったら、ほんとにするよ？」
　唇に少し冷たい依生くんの指先が触れて、びっくりした反動で目をパチッと開けた。
　そして、わずかに残っていた正常な理性が働いた。
「ダメ……。唇にはしないで……っ」
　抵抗の言葉に、依生くんはムッとした顔を見せた。
「……なんで？」
「こ、ここは……好きな人としたい……から」
　何言ってるんだわたし……。
　好きな人は目の前にいるくせに。
　——だったらキスされるくらい、いいじゃん……なんて軽い考えじゃすまされない。

だって、わたしに気持ちはあるのに、依生くんに気持ちがないキスなんて……。
　想いが一方通行な、気持ちの通っていないキスなんてしても虚しいだけ。
「へー、それは僕じゃないってこと？」
「言わない……言いたくない」
「そんなに気に入ってるんだ、葉月クンのこと」
　さっきまで甘かった雰囲気は一気に変わって、乱暴にわたしの手首をつかんだ。
「ムカつくなあ、帆乃が他の男見てるの」
　矛盾ばっかり。
　依生くんのわたしに対する態度は、幼なじみを簡単に超えている。
　誰だってこんなことを言われれば、こちらに気持ちがあるかもしれないって誤解する。
「依生くんだって……女の子と一緒にいたくせに。そんなのおあいこじゃん」
　少し強気になって言い返せば、軽く笑い飛ばされた。
「珍しいね、ムキになって言い返すとか。もしかしてヤキモチとか？」
　……失敗した。
　反発するようなことを言えば、わたしが負けることはわかっていたはずなのに。
「帆乃は顔と態度に出やすいから。へー、ヤキモチ焼いたの？　僕が他の女の子と一緒にいたから？」

形勢は圧倒的に依生くんが有利。
　　ここから逆転することはできっこない。
「正直に言ってよ。妬いた？　それともなんとも思ってない？」
　　わかってるくせに、わたしの反応を見て確信したくせに。
　　答えをわかっている上で、言わせたがるのはずるい。
「……ねー、ちゃんと教えて」
　　ここで否定したって無駄だと思ったから——首を縦に振った。
「それは妬いたって認めるってことでいいの？」
　　わかりきっているのにこうやって聞いてくるのが、やっぱりあざとい。
　　だけど、そのあざとさにかなわないわたしは、再び首をゆっくり縦に振る。
　　すると、依生くんは口角をクイッと上げて満足そうに笑った。
「……僕のことでいっぱいになった？」
　　嬉しそうな声のトーンで、そんなことを聞いてくる。
「わかってるくせに……。ずるいよ、あざといよ」
「なんとでも言ってくれていいよ」
　　言わせたもん勝ち。
　　余裕そうな表情は、イジワルさを持ったまま崩れそうにない。
　　そしてわたしの頬にそっと触れてくる。
「……僕じゃなきゃダメだって求めてよ」

またそうやって、幼なじみには言わないことを簡単に口にしてくる。
「わたしには……依生くんだけだもん」
　だったら言葉どおり、求めてしまえばいいって……。
　さっきまで働いていた理性は、依生くんの甘い誘惑の言葉によって、あっさり流されてしまう。
「……嘘つき。僕じゃなくて葉月クンがいいくせに」
「それは違うよ……」
　ほらやっぱり誤解してる。
　わたしの気持ちは、いつだって変わらず依生くんにしかないのに。
「違わない。……仲よさそうにしてたくせに」
「あれは、葉月くんが勝手に――」
「隙を見せてる帆乃も悪い。だから簡単につけ込まれるんだよ」
　やっぱり怒ってる……。
　わたしの話を聞こうとしてくれないから。
「そんなつもりないもん」
「だったら葉月クンと仲よくするのやめてよ。帆乃が他の男のこと考えるだけで異常なくらい腹立つし、気が狂いそうになるから」
「依生くんこそ……わたしじゃなくてもいいから、他の女の子と一緒にいたんでしょ……？」
　わたしが葉月くんと話していたのは事実だけれど、依生くんだって今まで他の女の子と一緒にいたくせに。

それなのに、わたしだけをこうやって責めるのは違うじゃん……。
　依生くんが、わたし以外の女の子と何をしていたかなんて……気持ちが落ち込むから考えたくない。
「嘘だよ、それ」
「……え？」
　何それ……。今さらそんなこと言われたって信じられるわけがない。
「なんかさー、僕ばっかりが帆乃でいっぱいなのが気に入らないから。帆乃も同じくらい僕でいっぱいになればいいのにって思ったから嘘ついた」
「な、何それ……っ」
「今さら言っても信じてもらえないかもしれないけど、ほんとだよ。だって僕、帆乃以外の子なんて興味ないし」
　感情がジェットコースターみたいに上がったり、下がったりして忙しい。
「じゃあ……今までどこにいたの、誰と一緒だったの？」
　まだ半信半疑。
　すると、それをすべて跳ねのけるように言ってきた。
「涼介の家にいた。わざと帰り遅くして、帆乃がどんな反応してくれるか試したくて」
　言葉に迷いがないから、嘘を言っているとは思えない。
「試すなんてひどいよ」
「だって僕ばっかりが妬かされてるから」
「依生くんのバカ……」

「怒った？　試すような真似して」
「怒ったよ、もう依生くんなんて嫌い……っ」
　ほんとは嘘。
　ただ、嫌いって言ったらどんな反応をしてくれるか見たかっただけ。
　試すようなことされたお返し。
　一瞬、優位に立てたかと思ったのに。
「……嫌いなんて言わないで」
　甘えた声で、少しさびしそうな顔をしたかと思えば。
「もし次言ったら……その可愛い唇塞ぐよ？　苦しがっても息できなくてもやめてあげないから」
　狂ったようなことを平気で言ってくるから、ペースについていけない。
「そんなふうに言うのずるいよ」
「ずるくないよ、ほんとのこと言ってるだけ」
　わたしは彼女じゃないのに、ただの幼なじみなのに。
「ねー、帆乃。１つだけ僕のわがまま聞いて」
「何……？」
「あんまり葉月クンと仲よくしないで。アイツぜったい帆乃に気があるから」
「それはないよ、たぶん……」
「そのたぶんが全然信用できないんだけど」
「でも……依生くんの嫌がることはしたくないから……。葉月くんとはこれからあんまり関わらないようにする」
　あくまで先輩と後輩っていう関係の線引きをしっかりす

れば問題ないと思うから。
「僕は帆乃だけいてくれたらそれでいいから。可愛い帆乃を独占できるのは僕だけでいいの」
　このとき、葉月くんがわたしたちの関係を揺るがすことをしてくるなんて思ってもいなかった。

雨の夜ハプニング。

「うわー、雨全然止まないね」
　ある日の放課後。
　帰る準備をしていると、明日香ちゃんが不満そうに窓の外を眺めて言った。
「最近雨ばっかりだよね」
「ほんとにね〜。雨のせいで涼ちゃんがサッカーしてるところ見られなくて、毎日へこんでるよ〜」
　机に顔をペシャンとつけて、かなり落ち込んでいる様子の明日香ちゃん。
　相変わらず明日香ちゃんは花野井くんに夢中みたい。
　かと思えば、突然伏せていた顔を上げて聞いてきた。
「あっ、そういえば最近三崎くんとはどう？　一緒に住んでみて何か進展あった？」
　花野井くんの話題から、急に依生くんの話題に切り替わってドキリとした。
「進展は特にない……かな」
「そうなのかぁ。けど、後輩の葉月くんだっけ？　あの子が、ひと波乱起こしそうな気がするんだけどな〜」
「葉月くんが何かするの？」
「んー、わかんないけど女の勘(かん)！　葉月くんが積極的に動いてくれたら、三崎くんも何かしらアクション起こしてくる予感がする〜！」

「どうかな……。葉月くんとはこれからあんまり関わらないようにするって決めたから」
「葉月くんって可愛い顔して何考えてるかわかんないから、ちょっと怖いよね。きっと帆乃ちゃん狙われてるから、気をつけないと！　なんならわたしが守ってあげる、彼氏になるよ！」
　そんなこと花野井くんが聞いたら妬いちゃうんじゃないかなって思っていたら。
「明日香、お前が帆乃ちゃんの彼氏になったら俺はどうなるんだよ」
「うわっ、涼ちゃんいたの!?」
　明日香ちゃんの後ろからひょこっと現れた花野井くん。
　いつもクールで落ち着いている表情が、今は少しだけ拗ねているように見えた。
　ほんと明日香ちゃんのこと大好きなんだなぁ。
「せっかく部活オフになったから、明日香とどっか行こうと思ったのに。まさか俺のことほったらかしにして、帆乃ちゃんと浮気してるなんてなー」
　えっ、え!?
　いや、なんか話が大きくなってない!?
「涼ちゃんも大事だけど、帆乃ちゃんも可愛いからどっちも手放せないのっ！」
　あらら……。
　そこは『涼ちゃんだけだよ』って言ってあげないと、花野井くんの機嫌が……。

「はいはい、じゃあ今からは俺だけのこと見てて」
　おぉ……さすが花野井くん。
　落ち着いてるし、さらっとキュンとするようなことを言うし。
「いつも涼ちゃんのこと見てるのに〜！」
「はいはい、んじゃ帰るよ。明日香不足で倒れそうだから癒してもらわないと」
　クールな顔をして、糖度高めなことを言うところがさすがといいますか。
　邪魔者は早いところ去らないと。
「あっ、じゃあ2人ともまた明日ね！」
　雨がひどくならないうちに早く帰ろうと思い、2人に挨拶をして教室を出た。

　家に帰ってから、雨はさらにひどくなって今は雷が鳴っている。窓の外からは稲光も見える。
　今は晩ごはんを終えて、キッチンで洗い物をしているところ。
　雷の音が聞こえるたびに、身体をビクッと震わせておびえてしまう。
　別に雷が苦手なわけじゃない。
　ただ、いきなり音が鳴るのは怖い。
「雷怖い？」
　お皿を洗っていると、いきなりお腹のあたりに依生くんの腕が回ってきて、後ろから抱きしめられた。

「こ、怖くないよ」
「嘘つき。さっきから身体ビクビクしてるのに」
　依生くんが２人でいるとき甘いのは、今に始まったことじゃない。
　ドキドキするからやめてほしいって思うのに、もう依生くんとこうして２人でいられる日も少しずつ減ってきているんだと気づいてさびしさに襲われる。
　そろそろ終業式が迫ってきている。
　予定だと夏休みに入って数日したらお母さんはこちらに帰ってくる。
　お父さんのケガの回復も順調みたい。
　だから、１日中こうして一緒にいられる期間は、もうすぐ終わってしまう。
　同居が始まってから、依生くんと２人っきりの時間をたくさん過ごしたのに、わたしたちの関係は何も進展していない。
　たった数週間で進展を求めちゃいけないって頭ではわかっているけれど、もし何か起これば……なんて考えている欲張りな自分。
「帆乃は昔から雷と暗いところ苦手でしょ？」
「……依生くんがそばにいてくれたら平気だよ」
　雷と暗いところが苦手。
　得意と言えるわけじゃないけど、おびえるほどじゃない。
　ただ、こうやって怖がれば依生くんに抱きしめてもらうことは不自然じゃないし、多少甘えたことを言っても許さ

れるって、ずる賢くて計算高いわたしの考え。
「可愛いこと言うね。じゃあ、帆乃がさびしくないようにそばにいてあげる」
　これが恋人同士のやり取りだったら、こんな複雑な気持ちになることはないのになぁ……と思いながら、お皿についた泡を水で流す。
「帆乃？」
「……」
　というか、こんなふうに身体を簡単に密着させることを許してしまうのはダメなのかな。
　全然幼なじみっぽくない。
　……って、わたしは依生くんに対して、何を求めているんだろう。
　幼なじみらしさ？
　それとも恋人としての関係？
「へー、僕と一緒にいるのに上の空なの？」
「……へ、うわっ!!」
　急に依生くんの手が、わたしの服の中にするりと入り込んできた。
「さっきから名前呼んでるのに無視するから。僕のほうに意識が向くようにイタズラしてもいいってこと？」
　お腹のあたりを直接スーッと触って、耳元でわざと小声でささやいてくる。
　お腹のあたりにある手が、どんどん上がってきてる。
　こ、これはまずい……っ、というかおかしい……！

「い、依生くんやめて！」
「やだ。無視した帆乃が悪いんだよ」
　こんなのおかしいんだってば……！
　幼なじみにすることじゃない！
　していいことと、してはダメなことくらい区別がつくはずなのに。
「む、無視したのは謝るから……！　とりあえず服から手抜いて……！」
「せっかく楽しんでたのに」
　不満そうにしながらも、なんとか止まって言うことを聞いてくれた。
　ってか、依生くんがベタベタくっついてくるせいで、洗い物があまり進んでいない。
　すると、お風呂のほうから軽快な音楽が流れてきた。
　洗い物を終えたタイミングで、お風呂に入れるように準備しておいたのに、先にお風呂のほうが沸いてしまった。
　まだ終わっていないので、わたしはあとにしよう。
「依生くん、先にお風呂入ってきていいよ。わたし洗い物やって入るから」
　依生くんが入っている間にはすむだろうから。
　おとなしく、先に入ってくれればいいのに。
「一緒に入ろっか」
「いや、ちょっとなに言ってるかわかんないよ！」
「ほら、雷ひどくならないうちに、入っといたほうがいいでしょ？」

「えっ、それなら1人で……って、何してるの!?」
「服脱がそうとしてる」
「ちょっ、落ち着いて!!」
　さっきから依生くんの暴走が止められなくて、いつも以上に困ってる。
「落ち着いてるよ。あわててんのは帆乃のほうでしょ？」
　いや、そりゃいきなり服脱がされそうになったらあわてますよ!!
「いーじゃん。もうすぐ一緒に住めるの終わっちゃうし。さびしいから僕のお願い聞いてよ」
「そんな、いきなり言われても……っ！」
「いきなりじゃなかったらいいの？」
「そ、そういう問題じゃない！　恥ずかしすぎて死んじゃうから無理だよ……っ！」
「なんで？　昔はよく一緒に入ってたじゃん」
　今と昔を一緒にしないでって言おうとしたけど、言えなかった。
　だって、今も昔も依生くんにとってわたしは、幼なじみから止まったままだと言われているみたいだから。
　わたしだけが変に意識してるって思うと、その差が虚しく感じられた。
　……前にも同じようなことがあったのを、ふと思い出して勝手に落ち込んだ。
「帆乃？」
「……あ、洗い物あとに回すから、雷ひどくならないうち

に先に入るね」
　隙をついて、逃げるようにリビングを飛び出した。
　不自然さ全開……。
　何か感じとられたかもしれないけど仕方ない。
　あの場で逃げる以外の選択肢はなかったから。
　さっきまでの出来事を早く忘れるように、部屋に着替えをとりに行って、お風呂に向かった。

「はぁ……」
　湯船にちゃぽんと浸かってボーッと天井を眺める。
　あれから１時間くらい経っていると思う。
　いつもお風呂はゆっくりで、最初に湯船に浸かる時間は長いし、頭や身体を洗うのにも結構時間がかかってしまうから、最後にもう一度湯船に浸かる頃には頭がボーッとしている。
　特に今は夏だから余計に。
　静かに浸かっていると、外からさっきよりもひどい雨音と雷の落ちる音が聞こえてくる。
　夕方に見た天気予報では、夜はもっとひどくなるって言っていたような気がする。
　今もゴロゴロ鳴っている音に少しおびえながら、そろそろ出るか……と思い、湯船から立ち上がると。
　ドーンッと大きな音がかなり近くで聞こえて、フッと明かりが消えてしまった。
　う、嘘……停電？

突然真っ暗になって、足元も何があるかわからない状態だし、メガネがないせいで余計に何も見えない。
　とりあえずここから早く出たいと思い湯船から出た。
　何も見えない状態で、少し動くと何かが足に当たった。
　しかも水気があるせいで、下がツルツルしていて滑りやすい。
　真っ暗な中、お風呂場の出口を手探りしていると。
「ほーの、大丈夫？」
「っ!?」
　いきなり脱衣所から依生くんの声が聞こえてきてびっくりして、お風呂場の扉を開ける手を止めた。
　しまったぁぁ……。脱衣所の鍵かけ忘れた……。
　お風呂場の扉越しに、スマホの明かりらしきものを手に持っているであろう依生くんがいる。
　ま、まずい……！
　今のわたしは何も身にまとっていないわけで。
　真っ暗な状態なら見えないだろうけど、依生くんは明かりを持っているから、このままこちらに来られるのは非常にまずい……！
「あっ、えっと、だ、大丈夫!!」
「まだお風呂から出てない？」
「い、今出るところ！」
　暗闇から助けてもらいたい反面、ここから出ていってほしい気持ちもあり、軽くパニック状態。
「近くに雷落ちて停電したみたい」

「そ、そっか。えっと……」
　どうやってこの場を切り抜けるか考えていると、なんの前触れもなく突然目の前の扉が開いた。
　開けたのはわたしじゃない。
　ということは——。
「とりあえずお風呂場から出たほうがよくない？」
「うわぁぁぁ!!　な、なんで開けるの!?」
　開けたのは依生くんしかいないわけで。
　もうパニックどころじゃない！
「なんでって暗くて何も見えないから危ないでしょ」
　ちょっと待って、無理……!!
　こっちに明かりあてないで……!!
　逃げるように、あわてて足を後ろに下げれば。
「こ、こっち来ないで……きゃぁ!!」
　あぁ、やってしまった。
　ありがちな展開で、見事に足を滑らせて転倒した。
「えっ、ちょっ、帆乃？」
「うぅ……痛い……」
　浴槽の角に頭をぶつけてしまい、急激な痛みが走る。
　自分の姿が今どうなっているとか、そんなことを気にしている場合じゃなくなった。
　ぶつけた衝撃で頭がクラクラして、お風呂に長い間浸かっていたせいもあってか、意識がぼんやりしてくる。
「……ほ……の」
　あぁ、なんだか依生くんの声がどんどん遠ざかっていく

ような気がする。
　そのまま、グダッと力が抜けて意識を手放した。

　次に目を覚ましたときは、まだ暗闇の中。
「ん……」
　閉じていたまぶたをゆっくり開けると、今自分の身体がソファかベッドに横になっているのがわかる。
　明かりはまだ復旧していない。
　頭がズキズキ痛むことから、倒れてからそんなに時間は経っていないと思った。
「……帆乃？　目、覚めた？」
　暗闇の中で、横になるわたしのすぐ隣から依生くんの声がする。
「あ……う、うん」
「急に倒れるし、頭ぶつけるし、意識失うから心配した」
　さっきまでの出来事がバーッと頭の中を駆けめぐり出して、恥ずかしすぎて穴があったら入りたい。
　今は暗いことだけが救い。
「頭痛くない？　いちおう冷やすやつあててるけど」
「少し痛いけど大丈夫……かな」
　……そういえば、わたしどうやってお風呂場からここまで来たんだろう……？
　おそらく今、わたしがいるのはリビング。
　お風呂場で気を失ってから、まさか自分で歩いてきたわけがない。

と、ということは……。
「あの、依生くん……？」
「何？」
「わたしがお風呂場で倒れてから……ここまで運んでくれたのって……」
「僕だけど」
　ですよね……ですよね。
　うわぁぁぁ、最悪……最悪……っ！
　今さら無駄な抵抗として身体を縮こまらせて、両腕を胸の前でクロスする。
　って、ちょっと待って……。
　わたし何も身につけていない状態で倒れて……それで今はどうなってるの……!?
　バッと自分の身体に目線を向けた瞬間、タイミングよく部屋の明かりがパッとついた。
　すぐに視界に飛び込んできたのは、真っ白な大きめのＴシャツ。
　こ、これは……。
　とりあえず何も着ていない状態じゃなくてよかったとホッとしたのもつかの間。
「それ、僕のやつ着せたけどよかった？　着替えそばにあったけど、勝手につけたりするのもあれかと思って」
　あぁぁぁ、もう無理……っ。
　恥ずかしすぎて、顔から火が出そうな勢い。
　完全に見られてしまったとわかると、もうお嫁に行けな

い……なんてどうでもいいことが浮かぶ。
　そもそも今のこの格好だって、なかなかきわどくて、恥ずかしいってもんじゃない。
「帆乃？　大丈夫？」
「だ、大丈夫……っ！」
　お願いだから、平然とした態度で接してこないで……！と心の中で叫ぶ。
「部屋まで戻れる？　それとも僕が運ぼうか？」
「ひぇっ、ちょっ……！」
　まだ返事をしていないのに、お姫さま抱っこをしようと近づいてくるから拒むのに必死。
「暴れないで。おとなしくしないと落ちるよ？」
「む、無理……っ！　待って!!」
　本当なら今すぐ自分の足でここから逃げ出したいけれど、まだ頭の痛さがあって、身体がうまく言うことを聞いてくれそうにない。
「なーに、なんでそんな抵抗するの？」
　逆になんでそんな落ち着いてるのって聞きたいくらいだよ、こっちは……！
「は、恥ずかしい……やだ……っ!!」
「何が？」
「こ、こんな薄いシャツ１枚で……」
「何も着せないほうがよかった？　それとも下着つけたほうがよかった？」
「……っ!?」

そ、それはそれで問題だよ……っ！
　とにかくこんな格好を明るいところで見られているなんて耐えられない……！
「……あわててる帆乃も可愛いね。無防備なところも」
　依生くんはイジワルく笑いながら、抵抗するわたしを無視して、部屋のベッドまで運んだ。
　ベッドにおろされたわたしは、すかさずタオルケットにくるまって、依生くんをジーッと睨む。
「それで睨んでるつもり？　可愛いなあ、逆効果なのに」
　本当なら、今こうして同じ空間にいることすら恥ずかしいっていうのに。
「み、見たでしょ……！」
「何を？」
「うぅ……っ、言わせないでよ」
　すると、フッと軽く笑いながら、わたしの頭をよしよしと撫でた。
「そんなに恥ずかしかった？」
「恥ずかしいどころじゃないよ……！」
「見ても減るもんじゃないのに？」
「依生くんのバカ……！　乙女心っていうのはそんな簡単なものじゃないの！」
「へー、難しいね、乙女心」
　にこにこ笑っていることから、悪いことをしたとは思っていなさそう。
　いや実際、倒れたところを助けてくれたんだから、悪い

ことはしてないんだけども……！
「恥ずかしすぎて死にそうだよ……」
　大げさとか思われるかもしれないけど、それくらいわたしにとっては大打撃な出来事なんだよぉ……。
「そんな恥ずかしがることないのに。僕だからいいじゃん」
「誰だってよくないよ……！」
「これが他の男だったらって考えると殺意湧いてきそうだけど」
　そんな物騒な言葉を笑顔で言わないでほしい。
「と、とりあえず……助けてくれてありがとう……」
　きちんとお礼を言えていなかったので、そう伝える。
「んー、もっとちゃんとお礼欲しい」
「え？」
　い、いったい何を要求されるんだろう。
　依生くんのことだから、とんでもないことを言ってきそうな予感しかしない。
「帆乃の無防備な姿見せられて何もしてないんだよ？」
「は、はぁ……」
「普通だったら襲ってもおかしくない状況なのにさ。手も出さずに眺めてるだけで我慢したんだよ？　すごいと思わない？」
　な、なんだか依生くんがすごい勢いで迫ってくるし、いつもより饒舌になってる。
「あとちょっとでも理性がグラついたら、危なかったし」
「えっと、つまりわたしはどんなお礼をすれば……」

「んー、じゃあ今日は僕と一緒に寝よっか」
「……えっ？」
　なんでそうなるの!?
　戸惑っている間に依生くんがわたしのベッドに入ってこようとしている。
「ほーら、逃げないで。こっちおいで、抱きしめてあげるから」
「うわっ、ちょっ……待って！　依生くんお風呂入らなくていいの？」
　なんとかこの状況を回避するために提案してみたけど。
「いいよ。もう遅いし。朝に入るから」
　……見事にうまくかわされて撃沈。
　ただでさえ小さなベッドだっていうのに、２人で寝転んだらきつくて、密着せざるを得ない状況。
「は、離して……っ！」
「抵抗したらいろんなところ触れちゃいそうだけど」
「そ、それはダメ!!」
「帆乃さー今の自分の状況わかってる？　こんな薄いシャツ１枚で僕に抱きしめられてんの」
「き、着替える……」
「いいじゃん、このままで。このほうが体温感じていいでしょ？」
「よ、よくない！」
　なんだか依生くんの雰囲気がいつもと違うような……？
「じゃあ、着替える？」

「……うん」
「手伝ってあげよっか？」
「結構です……！」
　これ以上暴走されたら、わたしの身が危険なので抑えるのに必死。
「んじゃ着替えておいで。ここで待っててあげるから」
　ようやくおとなしく言うことを聞いてくれて、解放してもらえたので、自分の着替えをとりに脱衣所へ向かった。
　時間が経って、身体を冷ましたおかげか少しよくなって、問題なく動作ができるまでになった。
　さすがに着替えを依生くんに持ってきてもらうわけにはいかない。意地でも自分の手でとりに行かねば。
　脱衣所で着替えをすませたら、ようやく恥ずかしい状態から解放されて、ホッとして自分の部屋へ戻った。
　だけど。
「ほーの、逃げないで」
「や、やっぱり一緒に寝るのは無理——」
　迫ってくる依生くんは変わらずで。
「こうして一緒にいられる時間が、もう少ないのに？」
「うっ……」
「帆乃を少しでも近くに感じていたいって思うのはダメ？」
　拒否すれば、わたしがオーケーを出すように仕向けてくるから。
　こんな言い方されたら、ノーと言えるわけがない。
「ダメ……じゃない……よ」

ほら、簡単にうまく丸め込まれてしまう。
「……ふっ、そーだよね。帆乃ならそう言ってくれると思ったよ」
　満足そうに笑った依生くんは、ひと晩中わたしを離さずに眠った。
　もちろん、わたしはドキドキと戦いながら眠れるわけもなく、翌日寝不足で朝を迎えた。

Chapter 3

たぶん幼なじみ。

　月日はあっという間に流れて、夏休みに突入した。
　7月ラストの日。
　お母さんが家に帰ってきて、依生くんとの1ヶ月の短い同居生活は終わりを告げた。
　同居が終わったばかりのときは、すごくさびしくて、家の中に依生くんがいないことに違和感しかなかった。
　夏休みに入ったせいで、会える機会が減ると思ったけれど、毎朝依生くんが起こしに来てくれて、その声で目を覚ますのは同居が始まる前と同じ。
　起きてからはわたしの部屋か、もしくは依生くんの部屋で2人で過ごしたり、課題をやったり……という感じで夏休みを過ごしている。
　今日は明日香ちゃんからお誘いがあって、花野井くんの家で4人での勉強会をやることになった。
　休みの日に外に出るときは、基本的に学校にいるときみたいな格好はしないので、メガネをやめてコンタクトにしている。髪は縛らずにそのまま。
　今はお昼を食べ終えて、依生くんと一緒に花野井くんの家に向かっているところ。
　じつは、夏休みに入ってから明日香ちゃんに全然会えていなかったので、会うのがとても楽しみ。
　たくさん話したいこともあるしなぁ……と、ワクワクし

ているわたしとは対照的に、だるそうに隣を歩く依生くん。
「勉強会なんてアイツら２人でやってればいいのに。なんで僕と帆乃の邪魔するかな」
「そんなこと言わないで……！　花野井くんと久しぶりに会えるの嬉しくないの？」
「嬉しくないよ。逆に僕が涼介に会えるの嬉しがってたら気持ち悪いでしょ」
「そうかな。わたしは明日香ちゃんに会えるの嬉しいけどなぁ」
「僕と帆乃の次元を一緒にしちゃダメ。全然違うから」
　２人でこんな会話をしている間に、花野井くんのお家の前に着いた。
　かなり大きな一軒家(いっけんや)。
　花野井くんのお家にお邪魔するのは初めてで、少しだけ緊張している。
　だって、いつも学校にいるときと自分の姿が違うから。
　何気に花野井くんの前でメガネなしの、髪を縛っていないところを見せるのは初めてかもしれない。
　学校がない休みの日に会うなんて、滅多にないし。
　依生くんは花野井くんの家に来たことあるよね。
　そういえば明日香ちゃんが言ってたなぁ。
　花野井くんはお金持ちだって。
　お父さんが会社の社長さんらしくて、その会社を継(つ)ぐために経営学の勉強もしているとか。
　いわゆる御曹司(おんぞうし)ってやつかぁ。

そう考えると明日香ちゃんはすごいなぁ。
　わたしだったら気が引けちゃう。
　そんなすごい人の隣がわたしなんかでいいのかなって。
　住む世界が違うように見えて、自分がちっぽけに感じてしまいそう。
　……なんて、1人で考えていたら依生くんがインターホンを押していて、中から花野井くんが出てきた。
「おー、2人とも久しぶり」
「あっ、久しぶり。今日はいきなりお邪魔しちゃってごめんね」
「全然大丈夫だよ。こっちこそ明日香が無理に頼んだみたいでごめんね。最近毎日、帆乃ちゃんに会いたいって言ってるからさ」
「わたしも明日香ちゃんと会いたかったから嬉しいよ！」
　いちおう人様のお家にお邪魔するってことで、持ってきたお菓子を花野井くんに渡す。
「なんだか気を使わせちゃったね」
「ううん、そんなことないよ！」
　すると、花野井くんがわたしの顔をジッと見てくる。
　なんだろうと思い、首を傾げて花野井くんを見る。
「今日、帆乃ちゃんいつもと雰囲気違っていいね。メガネもないし、髪もおろしてるし」
　お世辞で言ってくれているのかな。
「あっ、ありがとう」
　わたしが笑顔で言うと、花野井くんの目線は隣にいる依

生くんのほうへ向いた。
「んで、お前は久しぶりに会っても相変わらず仏頂面してんのな」
「……そりゃーね。帆乃と2人でいられる時間をとられたようなもんだから。ってか、僕の可愛い帆乃あんま見ないでよ」
「はいはい、お前ほんと帆乃ちゃんのこと可愛くて仕方ないんだな。どうせ毎日一緒にいるんだろ？ だったら、たまにはこういうのもいいじゃん？」
「よくない。涼介と、あのうるさいひっつき虫に会えても嬉しくないし」
「お前なぁ……」
　花野井くんはだいぶ呆れた様子。
　こんなことしていたら先に進まないので、とりあえず中に入れてもらおう。
「ほ、ほら早く中に入ろう！　明日香ちゃんはもう来てるのかな？」
「うん、もう俺の部屋にいるよ」
「そ、そっか。じゃあ、お邪魔します」
　中に通してもらうと、とても長い一直線の廊下があって、そこを真っ直ぐ歩いて、階段を上って花野井くんの部屋に着いた。
「どうぞ。散らかってるけど」
　散らかってるけどなんて言葉、ぜったいにいらないよっていうくらい、きれいで清潔感のある部屋。

日当たりがとてもよくて、大きな窓から入ってくる日差しのおかげで、部屋の電気はあまり必要なさそう。
　部屋の広さは１人分とは思えないくらいだし。
　目の前の光景に口をあんぐり開けたまま、奥に進んでいくと……。
「あー！　帆乃ちゃん！　お久しぶりー!!」
　大きなサイズのベッドに寝転んでいた明日香ちゃんが勢いよく飛び起きて、わたしに抱きついてきた。
「わぁ、明日香ちゃん久しぶり！」
「会いたかったよ〜！」
　わたしなんかに会って、こんなに喜んでくれるのは明日香ちゃんくらいだなぁ……なんて思っていると。
「ほら、明日香。嬉しいのはわかるけど、あんまベタベタすると依生に怒られるぞ？　コイツすげー機嫌悪いから」
「えぇ〜いいよ、別に怒られても〜！　ってか、三崎くんが機嫌悪いのはいつものことじゃん！」
「ねー、涼介。この生意気なひっつき虫どうにかしてよ。僕の帆乃が汚れるんだけど」
「なっ、失礼しちゃう！　涼ちゃん、早く三崎くん連れてどっか行ってよ！」
「お前らいい加減にしろ。なんのために４人で集まってんだよ」
　花野井くんのおっしゃるとおり。
　なんだか、この感じ久しぶりだなぁ。
「さっさと勉強会始めるから。勉強しないヤツは今すぐこ

こから出ていってもらうことにする」
「えぇ、涼ちゃんの鬼ぃ！」
「出ていくなら帆乃と一緒がいい」
「……頼むからおとなしくしてくれよ、2人とも」

　こうして、なんやかんやゴタゴタしたけど、勉強会は無事にスタートした。
　大きなテーブルに教材を広げる。
　座り順は左から花野井くん、わたし、依生くん、明日香ちゃんで横並びに座っている。
　この勉強会は、わたしと明日香ちゃんが2人に勉強を見てもらうのがメインなわけでして。
　依生くんと花野井くんは、いつも成績上位をキープしている秀才さん。
　反対に、わたしと明日香ちゃんは、いつも順位は下から数えたほうが早い組。
　依生くんは理系の科目が得意で、花野井くんは文系の科目が得意なので、それぞれ分かれてわたしたちに教えてくれている。
「ねー、帆乃つまんない」
　必死に英語の文法を花野井くんに教わっているのに、隣からシャープペンでわたしの頬をツンツンつついてくる依生くん。
「おーい、そこちょっかい出すな。依生、頼むから明日香の勉強見てやってくれ」

「そうだよ〜！　さっきからわたしのほう見ずに、ずーっと帆乃ちゃんのほうばっかりでさ！　ちゃんと教えてよ、三崎くん！」
「はぁ？　やだ、涼介代わって。ってか、僕の帆乃とそんなくっつかないで」
「お前なぁ。俺にまで嫉妬するのやめろよ。頼むから俺の代わりに理系の科目を明日香に教えてやってくれ。俺はお前みたいに理系そこまで得意じゃないから」
　２人の真ん中にいるわたしは何も言わず、黙々と教材とにらめっこ。
「はぁ……面倒くさい。帆乃に教えるならやる気出るのに」
「帆乃ちゃんじゃなくてもやる気出して〜！」
　結局、依生くんはなんだかんだ文句を言いながらも、きちんと明日香ちゃんに勉強を教えてあげていた。
　もちろんわたしも花野井くんに教えてもらいながら、時間はあっという間にすぎた。

「ん〜!!　づがれだぁぁ……もう無理……」
　力尽きたのか、明日香ちゃんが腕を伸ばして机にペシャリと顔をつけた。
　かれこれ２時間くらいはすぎていると思う。
　わたしもすごく疲れた。
　壁の時計で時間を確認してみると、午後の３時をすぎている。
「じゃあ、いったん休憩にするか」

花野井くんの声がけでようやく休憩時間になった。
　グイーッと身体を伸ばすと気持ちがいい。
　チラッと隣にいる依生くんを見てみれば、疲れてしまったのか明日香ちゃんと同じように机に伏せて眠っている。
　そんな2人を見ながら、さっき花野井くんの家のお手伝いさんが持ってきてくれたお茶の入ったマグカップに手を伸ばすと、中身が空っぽになっていた。
「あー、お茶なくなった？」
「あっ、うん」
　今も隣に座っている花野井くんが手元にあるマグカップを見ながら言う。
「今、お手伝いの人が外に出ちゃってるからさ。お茶どこにあったかな。探してる時間もったいないから買いに行ったほうがいいかもしれないなー」
「それだったらわたし買いに行こうか？」
「じゃあ、一緒に行くよ。帆乃ちゃん1人で行かせて何かあったら、俺があとで依生に怒られそうだし」
「えぇ、大丈夫なのに」
「それに、重い荷物を女の子に持たすわけにはいかないからさ」
　さすが花野井くん。
　彼女じゃないわたしでも、ちゃんと女の子扱いしてくれるんだなぁ。
「じゃあ、行こうか。寝てる2人はこのままにしておこう。起きたら何かとうるさそうだし」

眠っている２人を置いて、花野井くんと近所にあるスーパーへ買い出しに向かう。
　徒歩５分くらいの位置に大きなスーパーがあって、そこで飲み物と軽くつまめるお菓子を買った。

　買い物を終えて、スーパーを出てからの帰り道にて。
「本当に荷物持ってもらって大丈夫かな？」
　買ったものを１つの袋に詰めて、それを花野井くんが持ってくれている。
「いいの、いいの。こういう荷物持ちは男の役目だからね」
「お、重くない？　大丈夫？」
「ははっ、帆乃ちゃんも明日香と似たように心配性だね。俺そんな頼りなさそうに見えるかなー？」
「いや、持ってもらうのが申し訳ないような気がして」
「ふーん、そっか。じゃあ、あそこの公園で休憩してもいい？」
　指した先には小さな公園があって、そこのベンチに座って休憩タイム。
「あんま遅くなると依生に怒られちゃうから、少しだけ休むことにしよっか」
「怒らないと思うけどなぁ」
「ははっ、いやー怒るよ」
　そう言いながら、さっき買ったばかりの袋の中から飲み物をとり出して渡してくれた。
「あっ、ありがとう」

ちょうど喉が渇いていたので、もらった炭酸のペットボトルをプシュッと開けて口に流し込む。
「アイツ帆乃ちゃんのことになると誰でも容赦しないからなー。本当に帆乃ちゃんのことが可愛くて仕方ないんだろうね」
　その言葉はあまり嬉しくないのが本音。
　他人の目からは、そういうふうに見えるのかもしれないけれど、実際そんなことないんだから。
　もともと少し苦手だった炭酸が喉で引っかかって、うまく飲み込めない。
「それは……幼なじみだからなのかな……」
　ペットボトルの口を見つめながら、ひとり言のようにつぶやいた。
「んー、どうかな。俺は依生じゃないからわかんないけど。でも、アイツは帆乃ちゃんのこと幼なじみとしてじゃなくて、ちゃんと1人の女の子として見てると思うよ」
「……それはないよ」
「どうしてそう思うの？」
「だって……ずっと幼なじみで止まったままだから。わたしだけだもん……好きって想いを持ってるの」
　あぁ、なんか流れで言っちゃった。
　けど、花野井くんになら話しても大丈夫かなって思ったから、自然と口にしちゃったんだ。
　でも、きっと花野井くんは気づいている。わたしが依生くんを好きだってこと。

「んー、どうかなあ。まあ、アイツもはっきりしてないところあるからね」
「花野井くんたちが羨ましいよ、すごく仲がよくて。幼なじみとしても恋人としても明日香ちゃんは大切されてる。お互いのこと想い合ってるし」
　同じ幼なじみ同士なのに、どうしてこうも違うんだろうっていつも思うんだ。
「それは、帆乃ちゃんにも言えることじゃないかな。依生は帆乃ちゃんのことすごく大切にしてると思うよ？」
「だからそれは……幼なじみとしてってだけで──」
「んー、俺から見たら２人は幼なじみの域なんてとっくに超えてるように感じるけどな」
「どう……かな」
　次の言葉が出てこないので、再び炭酸を口に流し込む。
「こんなこと俺が聞いていいかわかんないけどさ。帆乃ちゃんは依生に気持ち伝えたことある？　もし答えたくなかったら無視してくれて大丈夫だから」
「……ある、よ」
　少し言葉を詰まらせながら言うと、花野井くんは驚いた顔を見せた。
「……そっか。それで依生は何も言わなかった？」
「何も言わなかったっていうか……。なんか余裕がなさそうで。『ごめん、無理』って言われたから……振られたのかなって思って」
　あの日のことを思い出すと、胸が痛くなる。

手元のペットボトルを思わずギュッと握る。
「……なんか引っかかるね、その言葉」
「え？」
　次に花野井くんが口にした言葉に驚く。
「たぶんだけど、振ったつもりはないと思うけどな」
「ど、どうして？」
「余裕なさそうにしてたんだよね？」
「う、うん」
　すると、少し考える仕草を見せてから口を開いた。
「男ってさー、案外単純な生き物なんだよ」
「……？」
「普段余裕そうな顔してても、好きな女の子を目の前にしたら、自分見失うくらいに余裕なくなっちゃうもんだから。傷つけたくない、大切にしたいって思いながらも、欲が勝っちゃうんだよね。言い方が悪いけど」
「……」
「だから、もしかしたらそのときの依生は、気持ち的に余裕がなかったのかもしれないね。好きだけど、余裕のない自分が帆乃ちゃんを傷つけるのが怖くなったとか」
「どうなのかな……」
　男の子の気持ちってやつは、いまいちわたしには理解ができない。
「でもそれ以来、進展がないのもおかしな話だよね。ほんと何考えてるか謎なヤツだから、帆乃ちゃんも苦労するね」
　苦笑いを返すことしかできない。

「アイツも悪いところあるよね。気持ちをはっきりさせないくせに、帆乃ちゃんに対する独占欲は異常だし。依生の本当の気持ち知りたいなら、帆乃ちゃんからもう一度好きって伝えてみるとか、どう？」
「えっ、む、無理無理！　そんな勇気ないよ……。それに、もしまた振られちゃったら幼なじみでいることすらできなくなって、今より距離ができちゃいそうだから……」
　幼なじみ以上の関係を望んでいるくせに、幼なじみの壁を越えられなかったら距離ができるのが嫌なんだ。
「そっかー。なんか２人見てるともどかしいね。明らかにくっつきそうなのに」
　そう言いながら、花野井くんは急にベンチから立ち上がった。
「まあ、俺からあんまごちゃごちゃ言うのも違うか。２人の問題だし。いつか、もう一度気持ち伝えるチャンスがあればいいね」
「あっ、えっと、この話は……」
「依生には内緒にしとくから安心して」
　今の話を少しでも花野井くんが依生くんにしてしまったらどうしようって思ったけど、その心配は不要だった。

　公園を出て戻ってみると、とても不機嫌そうな顔をした依生くんと明日香ちゃんが待っていた。
　明日香ちゃんもしかして、わたしが勝手に花野井くんと２人で出かけたことに気分悪くしちゃったかな。

不安になりながら、謝ろうかと思ったら。
「涼ちゃんずるーい！　帆乃ちゃんと２人で出かけたの!?　なんでわたしも連れていってくれなかったの〜」
「いや、だって明日香疲れて寝てたし」
「わたしが帆乃ちゃんと２人で出かけたかったのに〜！　涼ちゃんは三崎くんとイチャイチャしててよ〜！」
　あれ、どうやら怒っているのは、わたしと買い物に行けなかったからなのかな？
「相変わらず的外れな怒り方するなよ。つか、俺と依生がイチャイチャってどうなってんだよ」
「はぁぁ、わたしも帆乃ちゃんと買い物行きたかったな〜」
　すると、今まで黙っていた依生くんが急に立ち上がって、わたしのほうへ近づいてくる。
「ねー、涼介。誰の許可とって帆乃と出かけてんの」
　花野井くんと明日香ちゃんから引き離すように、かなり強い力でわたしの腕を引いてきた。
「いや、なんでお前の許可いるんだよ」
「はぁ……不覚だった、寝なきゃよかった、油断した。なんなら、帆乃と手繋（つな）いで離れないようにしとけばよかった」
　ため息をついて、かなり落ち込んでいる様子。
「まあ、そう落ち込むな、安心しろ。俺は明日香にしか興味ないから」
「なんかその言い方腹立つね。帆乃に魅力（みりょく）がないみたいに聞こえる」
「屁理屈（へりくつ）並べるなよ。帆乃ちゃんに魅力がないなんて言っ

てないだろ？　素直でいい子だし」
　困り果てた顔をしながら、依生くんの機嫌をなだめようとする花野井くんだけど。
「帆乃のこと褒めていいの僕だけだよ、わかってる？」
　依生くんってば、さっきからさらっとドキドキさせるようなことばっかり言うから、聞いてるこっちの身にもなってほしい。
「お前のその帆乃ちゃん愛は異常だな。まあ、お前が帆乃ちゃんしか眼中にないように、俺も明日香にしか興味ないから」
「ふーん。帆乃の可愛さがわかんないなんて損してるね」
「わかったらわかったで文句言うだろうが」
「うん、もちろん」

　こうして、勉強会はかなり長い休憩時間をとってから再開し、あっという間に夕方を迎えた。
　明日香ちゃんはどうやら、このまま花野井くんの家に泊まるらしい。
「じゃあ、今日はありがとう、２人とも！」
「こちらこそありがとうだよ〜帆乃ちゃん！　夏休み中にまた会おうね、連絡する〜！」
「うん、また会おうねっ」
　花野井くんの家を出てから、依生くんと横に並んで家に向かう帰り道。
　いつもわたしから話題を切り出しているから、今日の勉

強会のことを話そうとしたら。
「ねー、涼介と出かけたとき２人でなに話したの？」
　突然、依生くんのほうが口を開いた。
「え、なに話したのって別に大したこと話してないよ」
「ふーん」
　そっちから聞いてきたくせに、返しの相づちはあまり興味がなさそう。
「あ、でも……」
　ふと思い出したけど、そこで止めた。
『帆乃ちゃんから依生にもう一度好きって伝えてみるとかどう？』
　いきなりこのセリフが頭の中にボンッと浮かんだせい。
「でも、何？」
「な、なんでもない……！　聞かなかったことにして！」
　好きなんて、もう伝えることはないと思うし、ぜったいできっこないから。
「そうやって濁されると気になるもんだよ。今度涼介に聞いてみよ」
　花野井くんは今日話したことを依生くんには言わない約束をしてくれた。
　だから、聞いても教えてもらえないよって思いながら、その日は家へと帰っていった。

小悪魔くんのいいなり。

　夏休みが明けた９月。
　明けてすぐの課題考査をなんとか乗り越えて、ようやく落ち着いた頃。
　相変わらず地味な姿で平和に過ごしていたわたしに事件が起こった。
　それは依生くんが体調を崩して、学校を休んでいた日の放課後のことだ。
　１人で帰る準備をして、教室を出ようとしたら――。
「えっと、このクラスに芦名帆乃さんっているかしら？」
　わたしの名前を呼ぶ１人の女性教諭の姿が廊下のほうにあった。
　たしか……１年生の担任を持ってる宇佐美先生かな。
　顔と名前を知っているくらいの先生で、授業を持ってもらったことはない。
　特に関わりがないのに、なんでわたしを探しているんだろう？
「あの、わたしが芦名帆乃ですけど……」
　声をかけてみると、「あっ、あなたが～！　よかったわ、見つかって」と、ホッとした様子を見せていた。
「いきなり呼び出しちゃってごめんなさいね？　ちょっと芦名さんにお願いがあって」
「お願い……ですか？」

「じつは面倒を見てもらいたい子がいるの。わたしじゃ手におえなくてね。今から時間あるかしら?」
「時間はありますけど……」
「わけを説明したいから、ちょっとついてきてもらってもいい?」
「あ、はい」
 いったい何事だろうと思い、はてなマークを浮かべたまま連れてこられたのは１年生の教室。
 宇佐美先生が戸を開けて中に入ったので、わたしもそのあとに続いて入ると——。
「あー、やっときた。遅いよ、宇佐美センセー」
 聞き覚えのある声に反応して、そちらを見る。
「待ちくたびれたから帰ろうかと思った」
「待ちくたびれたって、あなたが芦名さんじゃなきゃ嫌だってわがまま言うから先生が連れてきたのよ?」
「え……、なんで葉月くんが!?」
 そこにいたのは紛れもなく彼だった。
「帆乃先輩、お久しぶり〜」
 驚いているわたしとは対照的に、イスに座って呑気にこちらに手を振っている。
 そんな様子に宇佐美先生は頭を抱えたまま、はぁとため息をついた。
「芦名さん、いきなりで申し訳ないんだけどね。これから２週間、放課後だけでいいから桜庭くんの勉強を見てあげてほしいの」

「え……? いや、えっと頼む相手間違ってないですか?」
　わたしが成績いいなら、先輩として頼まれてもおかしくない話かもしれないけど……。
　いつも、どの教科も平均点より下ばっかりだし。
　なんで成績下位組のわたしなの?
「それがね、桜庭くんが芦名さんじゃないと嫌だってきかないのよ」
「ええ、なんですか、それ」
「桜庭くんは、1学期のテストでは中間も期末も学年でトップの成績でね。それなのに、夏休み明けの課題考査がボロボロで。ほとんどの教科を白紙で提出したの」
　な、なぜそんなことを……!?
　というか、葉月くんってそんなすごい子だったのか。
「わけを聞いてみたら、どうやら芦名さんが関係してるみたいでね」
「わ、わたしですか!?」
　なんで?　わたし何かした!?
「帆乃先輩にかまってもらえないから勉強どころじゃなくなっちゃったー」
　ええ、そんな理由!?
　いや、ってかそれ、無理やりこじつけたみたいじゃん!
「と、まあこんな感じなのよ。芦名さんお願いよ〜。わたしも担任として立場があってね。学年主任の先生になんとしても桜庭くんのやる気をとり戻してほしいって言われてるの」

そんなことわたしに頼まれても、知るかって感じなんだけども……。
　けど、先生が必死になって頼み込んでくるから、断るに断れない。
　でも、葉月くんと関わることは避けたいし……。
　頭を悩ませて迷っていると、葉月くんが答えを待ちきれないのか、わたしのそばに寄ってきて、先生に聞こえないように耳元でボソッとささやいた。
「……いいの？　断って。断ったら先輩の素顔は可愛いってみんなにバラしちゃうよ？」
「なっ、それ脅しじゃん……！　ってか、可愛くないもん」
「脅しだよ。いい加減、自分が可愛いことを認めればいいのに」
「開き直らないで……！」
「いーじゃん。困ってる後輩を助けると思ってさー？」
「頭いいくせに」
「んー、まあ細かいことは気にしないで。じゃあ決まりー。センセー、帆乃先輩がオーケーしてくれたんで、俺ベンキョー頑張りまーす」
「えっ、えっ!?　わたしオーケーなんてしてな――」
「あらー、ありがとうねー！　じゃあ、2週間よろしくね？　あっ、そうそう。終わった頃に課題考査の追試があるの。そのときまでになんとしても点数をとり戻せるように！」
　えっ、そんな勝手に話を進めないでよ！
「大丈夫ですよ、帆乃先輩が教えてくれたら追試なんて、

らくしょーらくしょー」
「えっ、ちょっ!!」
「もし桜庭くんの成績が落ちたままだったら、教えた芦名さんにも責任あるから頑張ってね？」
　ええ、笑いながら圧力かけてこないでよぉ……。
　なんでわたしにこんな災難が降りかかってくるの……！
　自分の勉強ですら危ういっていうのに。
「じゃあ、そういうわけでよろしくね芦名さん！　桜庭くんのご指名だから期待してるからね〜！」
「ちょ、ちょっと……!!」
　半ば強引に押しつけられる形で、宇佐美先生は嵐のように教室から去っていってしまった。
　う、嘘でしょ。
　引き受けてもいないのに、完全に流された。
　今はもう誰もいない教室で葉月くんと２人。
　よくもやってくれたな……という意味を込めて葉月くんを思いっきりギロッと睨んでみると、悪気もなくにこにこ笑っている。
「せっかくの可愛い顔が台無しだよー？」
　そう言いながら、簡単にわたしのメガネをスッと奪いとった。
「わっ、返してよ……！」
　背伸びをしてとり返そうとするけど、身長差が結構あって届きそうにない。
「やだよ。久しぶりに帆乃先輩の可愛い顔見せて」

グイッと一気に顔を近づけてくる。
「ち、近い！」
　本当なら関わりたくないのに、葉月くんのペースにうまくのせられてしまう。
「いいじゃん。これから２週間仲よくする記念ってことで」
「いや、意味わかんないし！　それに放課後残るなんて無理だよ！　依生くんと帰る約束してるし……」
　今日はたまたま休んでいるからいいものの……。
　いや、よくないけど。
「えー、そんなの俺知らない。引き受けたの先輩なんだからどーにかしてよ」
「なっ、そんな無茶なこと言わないでよ……！」
　ってか、そっちが勝手に引き受けたってことにしてるだけじゃん！
「じゃあ、正直に言えば？　葉月くんと放課後残るから一緒に帰れないって」
「そんなこと言えないよ……。怒られるもん」
「ふーん、"ただの幼なじみ"なのに？」
　そんな強調して言わなくてもいいじゃん……。
「……葉月くんには関係ない……でしょ」
　これ以上、わたしと依生くんの関係に首を突っ込んでかき乱さないでほしい。
「カンケーあるよ。俺、帆乃先輩のこと好きだし」
「か、からかわないで」
「からかってない、本気。先輩はひとめぼれとかしたこと

ない？」
「ない……」
「俺もしたことないけど、帆乃先輩にした」
　言い方があまりにあっさりしているから、軽すぎて信じられない。
「な、何それ……。そんな告白まがいなことやめ——」
「まがいじゃない、告白だって。友達からって言ったけど、ほんとは友達なんて飛ばして彼女にしたいくらいなのに」
　今まで見たことない真剣な表情と瞳に見つめられて、思わず目をそらしたくなる。
「どんな手を使ってでも手に入れたいって思うんだよ。それくらい本気」
　年下なのに……それを感じさせないほどの強引さ。
「そんなに幼なじみが気になるならバイトするとかテキトーな嘘言えばいいじゃん」
「そんなのダメだよ。それにそんな嘘すぐにバレるから」
　依生くんには嘘をつきたくないし、葉月くんとは関わらないって約束もしているから破りたくない。
「バレないって俺が保証してあげるよ。俺の友達で駅前のカフェでバイトしてるヤツがいるから。そこでバイトしてるって言えばいいよ。万が一、三崎先輩がバイト先に行ってもうまくごまかすように言っとくから」
「バレるとかバレないとかそういう問題じゃなくて……」
「んー、頑固だなあ。だったら力ずくでいくしかない？」
　頑なに引き受けないわたしに痺れを切らしたのか、急に

片腕をつかんできた。
　その力に逆らえず身体が葉月くんのほうへ寄せられる。
「受けてくれなきゃ、このままキスするよ？」
「なっ……」
「力じゃかなわないってわかるよね？」
「そんなのずるいよ……」
　どう抗（あらが）っても、ぜったいに折れてくれない。
　折れるどころか、わたしをうまく脅してイエスしか言わせない。
「なんとでも言ってよ。これが俺のやり方だから」
　わたしが返事をしないで黙り込むと、少しバカにしたような口調ではっきりと言ってきた。
「帆乃先輩はさー、幼なじみに何を執着（しゅうちゃく）してんの？　いいなりになってばかりで、ただの幼なじみのくせに変だよ」
　言い返してやりたいけどすべてが事実だし的確で、返す言葉もない。
「三崎先輩だって帆乃先輩のこと好きだったら、とっくに幼なじみやめて彼女にしてるよ。それができないってことは、ただの幼なじみとしか見てないってことじゃないの？」
　トゲのある言葉が胸に刺（さ）さる。
"ただの幼なじみ"なんて、他人に言われなくたって自分がいちばんわかっているはずなのに。
「困ってる後輩を助けると思ってさ？　引き受けてよ。そんな重い気持ちでとらえずにさ」
　余裕のある笑みは、自分の有利さを表しているような気

がした。
「まあ、さすがに2人っきりでいるところを見られるのはまずいだろうから、そのへんは配慮してあげるよ」
　そう言われて連れていかれたのは人気がまったくない、旧校舎の狭い一室。
　小さな窓に、少し大きめのテーブル、その近くに古びたソファがあるだけ。
「ここ、俺の秘密基地。よく授業サボったりするときに使ってんの。ここだったらバレないよ？　2人でいても」
「用意周到すぎるよ」
「そりゃもちろん」
　可愛い顔してやることはえげつない。だって脅してるわけだし。
　そもそも、こんな誰も足を踏み入れないような場所で2人っきりでいるほうがまずいじゃん……。
「引き受けてくれないと、今ここでこうして俺と2人っきりでいたこと、三崎先輩にバラしちゃおっか」
　っ……。ほんと、この子は人の弱みにつけ込むのがうまいから、たちうちできない。
「嫉妬するだろうなあ。そしたら幼なじみですらいられなくなるかもね」
　わたしがいちばん恐れていることをよくわかっていて、さらに追い込んでくる。
「2人っきりって、別に何かあるわけじゃ……」
「何かなくても、何かあったように言えばいいんだよ。人

間って案外他人の情報をまんま鵜呑みにするところあるから。だから、俺がうまいように言えば三崎先輩信じちゃうと思うけどなあ」

こんなこと言われたら何も言い返せない。

確実に葉月くんのほうが一枚上手だから。

わたしの弱いところを握って、それをうまく使ってくる。

「引き受けるよね？」

２週間……うまく乗り切って、解放されるのなら……。

本当は引き受けたくないけど、仕方なく首をゆっくり縦に振ってしまった。

すると、葉月くんが満足そうに笑った。

「じゃあよろしくね、帆乃センセー？」

こうして２週間。

小悪魔くん……ううん、悪魔のいいなりになることが決まった。

葉月くんの危険な罠。

「……は？　何、バイトって。僕聞いてないんだけど」
　不満そうに眉をひそめて、疑いの目を思いっきり向けてくる依生くん。
　今日の放課後から葉月くんに勉強を教える……というか、やる気をとり戻させなくてはいけないため、バイトを始めると嘘をついた。
「きゅ、急に決まったの。人手不足みたいで……」
「どこでなんのバイトすんの？」
「えっと、駅前のカフェで……」
「それって接客？」
「う、ううん。接客じゃなくて裏でのお手伝い……的な」
　カフェでバイトなんてしたことないから、具体的な仕事内容がわからなすぎて、ごまかすので精いっぱい。
「ふーん、お手伝いね」
　かなり怪しんでいるので、嘘だとバレないよう必死に表情を作る。
「それって何時に終わるの？　毎日シフト入ってんの？　期間いつまで？　終わる時間が遅いんだったら迎えに行くけど」
　怒涛の質問攻めにもひるまずに答えなくては……。
「えっと、終わるのは夕方の６時くらいで、今日から２週間毎日かな。平日だけ。家からそんな遠くないし、１人で

帰れるから大丈夫だよ」
　迎えになんて来られたら、嘘が一瞬でバレてしまうから。
「2週間したら終わり？」
「う、うん」
「そんな人手足りないの？　学校終わってから6時までとか2、3時間しかないじゃん」
　ギクリ……痛いところ突いてくるなぁ……。
「す、少しでもいいから入ってほしいって。すごく困ってるみたいで」
「へー、そう」
　あまり納得してくれた感じはしないけれど、必死に説得したら折れてくれそう。
「2週間……やり抜けばぜんぶ終わる、から」
　ここを乗り越えれば葉月くんと関わることは二度とないはずだから。
「……わかったよ。帆乃がそこまで言うなら」
「い、いいの？」
「本当は嫌だけど、帆乃の優しい性格知ってるから。困ってる人とかほっておけないんでしょ」
　嘘をつくことがこんなにも心苦しいなんて知らなくて、今さらながら罪悪感に呑み込まれる。
　そして、最後にわたしの瞳をしっかり見ながら依生くんは言った。
「僕は帆乃が嘘なんてつかないって信じてるから」
　まるでわたしの心を見透かした（みす）ような言葉に一瞬ヒヤリ

とした。
「じゃあバイト頑張って」
　付け加えて「何かあったら連絡して。いつでも迎えに行くから」と、最後までわたしのことを心配してくれる言葉に胸がズキッと痛む。
　嘘ついてごめんなさい……と申し訳ない気持ちを抱えたまま、葉月くんが待つ場所へと足を向けた。

「あー、やっと来た。遅いよ、先輩」
　この前連れてこられた旧校舎の一室に着いて中に入ると、ドンッと偉（えら）そうにソファに座る葉月くんがいる。
　とても勉強を頑張る気があるとは思えない態度っていうか……。
「職員室に寄って、今日の課題のプリントを宇佐美先生からもらってきてたから」
　とりあえず宇佐美先生から受けとったプリントを机の上に置くと、葉月くんはつまらなそうな顔をしてプリントに手を伸ばした。
「へー、真面目だね。ベンキョーなんて面白くないのに」
　少しプリントに目を通すと、興味がなさそうにそのまま机の上に戻した。
「ねー、先輩。俺とちょっとお話しない？」
「やだ、ダメ。勉強しないなら帰るよ」
　わたしがちょっと強気に言い返してみれば。
「そんな生意気な口きいていいの？　今こうして２人っき

りでいることを三崎先輩にバラされて困るのは帆乃先輩の
ほうだよ」
　すぐこうやって脅してくるから勘弁してほしい。
「そうやって脅さないで勉強して！」
「ちぇー、つまんないの」
　と言いながら、文房具と教材をカバンから出してくれた。
　わたしは葉月くんが座っている隣に少しだけ距離を空け
て座る。
「ちゃんとやらないと追試受からないよ？」
　いちおう宇佐美先生から追試の範囲を聞いてきたけど、
かなり広かった。
　それにちゃんとやってもらわないと、わたしまで先生に
怒られちゃう。
「範囲結構広いけど大丈夫かな」
「大丈夫じゃない？　ってか、先輩俺のこと舐めすぎ。そ
こまでバカじゃないし」
　なに、その自信過剰な発言は……！
　こっちがせっかく心配してあげてるのに。
　……ってか、バカじゃないなら追試なんかに引っかから
ないでよと心の中で思う。
「そんなに自信あるなら、１人で勉強してよ！」
「やだー。帆乃先輩がベンキョー教えてくれないなら追試
も白紙で出すけどいいの？」
　な、なんでわたしが脅される立場なの!?
　困るのは葉月くんもじゃん！

「もう……じゃあ、ちゃんと今日の課題のプリントやってください」
「はーい」
　こうしてやっとスタートした。
　葉月くんがプリントをやっている間、1年生の教科書を復習がてらパラパラとめくり、目を通す。
　1年生の勉強ならなんとか見てあげられると思ったけど、ページをめくるたびにゾッとした。
　……見事に忘れてる。
　というか、こんなのやったっけ？って気分。
「ねー、先輩。この問題教えて」
　そう言われて見せられた数学の問題。
　記憶の片隅(かたすみ)に眠る数学の知識を呼び起こそうとしても、なかなかピンとこない。
「ここは……うーん、たぶんこの公式使うとか？」
「大雑把(おおざっぱ)すぎ。先輩よく進級できたね。ってか、よくこの高校受験して受かったよね」
　地味にグサッとくること言わないでよぉ……。
　こっちだって、毎回テスト必死に頑張ってるんだから。
「や……だって、数学苦手科目だし」
「なんで。1年前やったのに？」
「もうそんなの忘れてるよ……」
「ダメだなあ。この問題は公式使わなくても解けるのに」
「なっ！　わかるなら聞かないでよ！」
　そうだ、忘れちゃいけない。

葉月くんは学年トップの成績をとっているんだから、わからない問題なんて、そもそもそんなにあるわけない。
「ふっ、ごめんごめん。怒らないで。ね？」
　笑いながら、わたしとの距離を少し詰めるように身体を寄せ、むにっと頬をつまんでくる。
「いひゃいよ。ひゃめて」
「可愛いなあ、ほんとに」
「ひゃなして！」
「仕方ないなあ」
　すぐふざけたりするから課題のプリントがなかなか進まない。
「葉月くんがちゃんとやってくれないと、わたしが先生に怒られちゃうんだから」
「じゃあ応援してよ。そしたら頑張るからさー」
　贅沢者め！
　何もしなくても、黙ってやってくれればいいのに。
「頑張って、葉月くん」
「しけてるなあ。そこはキスくらいサービスしてよ」
「しません！」

　そんなこんなで初日はなんとか無事に終わり。
　今は職員室でわたしだけが、今日やった分のプリントの提出と報告を宇佐美先生にしているところ。
「今日から早速ありがとうね〜！　さすが芦名さん！　きちんと指導してくれたのね」

「いや、あはは……ま、まあ」
　どちらかというと、わたしのほうが指導されていたというか……。
　途中からなぜか、わたしが葉月くんに教えてもらうという立場逆転になったことは言えないので、苦笑いで返す。
「じゃあ、このまま２週間よろしくね？」
「は、はい」
　軽く頭を下げて職員室を出ると、壁にもたれかかってスマホをいじっている葉月くんがいた。
　なんだ、もう帰ったのかと思っていた。
　職員室に報告があるから先に帰っていいよって言っておいたのに。
　わたしに気づくと、すぐにスマホをポケットにしまってこちらに来た。
「遅くなったから家まで送るよ」
「え、あっ、大丈夫。１人で帰れるから」
　万が一、２人でいるところを依生くんに見られてしまったらまずい。
「三崎先輩に見つかったら都合悪いから？」
　わかっているなら聞かないでほしいし、１人で帰ってくれてよかったのに。
「じゃあ、途中まで送るよ。心配だから」
「い、いいから、大丈夫」
「最寄りの駅までは許してよ」
　そう言うと、わたしの返事を聞かずに前を歩き出してし

まった。
　仕方ない……最寄り駅までくらいだったらいいか。
　それに、葉月くんなりに送ってくれようとする優しさを見せてくれているわけだし。
　学校を出てから、駅まで歩く道にて。
　お互い微妙（びみょう）な距離感を持ちながら歩いていると。
「あ、コンビニ。ちょっと寄ってもいい？」
「え、あっ、うん」
　ちょうどコンビニを見つけて、葉月くんが何か買いたいものがあるのか中に入っていったので、わたしは外で待つことにした。
　そして待つこと数分。
「お待たせ。はい、これ先輩にあげる」
　そう言って渡されたのは、パックのグレープフルーツジュース。
「え、なんで？」
「勉強教えてくれたお礼」
「ええ、わたしほとんど何もしてないのに」
「わかんないなりに教えようとしてくれたじゃん？　受けとってよ、大したもんじゃないけど」
「あ、ありがとう」
　こういう意外な一面もあるんだって思いながら、再び歩き始める。
　特に会話がないまま、駅に着くかと思いきや。
「ねー先輩、1つ聞いていい？」

突然葉月くんが足を止めて、わたしのほうを見た。
「何？」
　何気なく、軽く返事をすると。
「……幼なじみとして三崎先輩のそばにいるのってつらくないの？」
　まさかそんなことを聞かれるとは微塵も思っていなかったので固まる。
「つらく……ないよ」
　強がってついた嘘。
　だって、今ここで葉月くんに本音を話す義理もないから。
　でも、そんなわたしの嘘を、葉月くんはすべて見抜いたかのように話す。
「いつかさー、三崎先輩に彼女ができたら帆乃先輩はどうなるんだろうね」
「っ……」
「間違いなく幼なじみより彼女を優先する。それくらいわかるよね？」
　もし、依生くんに彼女ができたら……なんてことなら、昔はずっと考えていた。
　だけど、最近それは考えなくなっていた。
　そういう不安をかき消すくらい、依生くんがそばにいるのが当たり前になっていたから。
　それに、女の子の影がちらついたこともなかったし。
「不安になったりしない？　好きな相手が自分から離れていくことを想像したら」

「し、しない……」
「へー、その自信ってどこから来るの？ 三崎先輩の気持ち知らないくせに？」
「そ、それは……っ」
　ダメだ……。
　ここでムキになって言い返したら負け。
「それは？」
「……は、葉月くんには関係ないでしょ」
「そうやって逃げるんだね」
　なんとでも言ってくれればいい。
　それに本当のことじゃんか。葉月くんがわたしと依生くんの関係に首を突っ込んでくるのは筋が違うでしょ。
「そんな曖昧な関係、いつまでも続くと思ってないほうがいいよ？」
　空を見上げて、軽くフッと笑う葉月くん。
「俺が、ぜんぶ――壊してあげるから」
　少しだけ聞きとれなかった箇所があった。
　だけど聞き返す気にはなれなかった。
　だって、声色がいつもと違ったから。
　低く、冷たく、少し狂気的なものを感じて、ゾクッと背筋が凍った。
　そのとき、カバンの中に入っているスマホの電子音が鳴った。
　今、この会話から逃げるにはもってこいのタイミングのよさだ。

すぐにスマホを手にすると、ある人からのメッセージが届いていた。
「あー、もしかして三崎先輩とか？」
　画面に表示されている名前と、耳から入ってきた名前が同じだからドキリとした。
　内容に目を通す前に、とっさに画面を手で隠した。
「わかりやすいね。なんて来てたの？　遅いから心配してくれてた？」
「さ、さっきから、なんでそんなふうに突っかかってくるの……？」
　ほんの少し前までは、優しい一面もあったのに。
「わからせてあげたいから」
「な、何を……」
「俺がどれだけ帆乃先輩に本気なのか」
「何……それ」
「帆乃先輩を手に入れるには三崎先輩っていう存在が邪魔してるから。だからさー、さっさとやめちゃいなよ。叶(かな)わない恋なんてするだけ無駄だよ」
　叶わない恋なんて無駄……？
　無駄かなんて、他人が決めつけるものじゃない。
　だけど、その言葉は引っかかって声に出ない。
　だって、依生くんが、わたしを"幼なじみ以上のもの"として見ることは一生ないから。
「俺を好きになってくれれば、三崎先輩以上に大事にするのに。そんなに三崎先輩がいい？」

不意に片腕をつかまれて、引き寄せられる。
　その距離の近さに、とっさにつかまれた腕を振りほどこうとしたけど、力じゃかなわなかった。
「三崎先輩を想い続けても、苦しい思いをするのは帆乃先輩だって覚えといたほうがいいよ。しょせんただの幼なじみでしかないんだから」
　耐えられなくなった。
　わたしが今まで目を背けていたところを、ぜんぶ見透かしてくるから。
「は、離して……っ」
　震える声で言うと、あっさり解放されたので、逃げるようにその場から走り出した。
「……あーあ。これでもダメか。だったら多少荒く強引にしちゃうのも仕方ないかあ」
　まさか葉月くんがこんなことをつぶやいていたなんて知らずに──。

　それから日がすぎるのは早かった。
　あんな話になってたから、翌日は気まずくなるかと思いきや、葉月くんは何事もなかったかのように、いつもと変わらず接してきた。
　毎日、放課後きちんと課題のプリントをこなして、真面目にとり組んでいた。
　たまに、帰る時間が遅くなったときは家の近くまで送ってくれたこともあった。本当は、依生くんにバレるのが怖

いからいいって言ったのに、聞いてもらえなくて。
　わたしと依生くんの関係についても、あの日以来いっさい口にすることもなく。
　だからそんなに疑ってもいなかった。
　葉月くんが何を考えて、何を企んでいたのかを。

　そして迎えた2週間後の今日。
　この時間が終われば、葉月くんと関わることは二度となくなるはず。
　さいわい、依生くんにバレることもなく、うまいこと2週間進めることができた。
　今は、いつもと変わらず課題のプリントにとり組む葉月くんを隣で見ているところ。
　チラッと壁の時計を見れば、あと30分もすれば終わりになる時間。
　このまま何事もなく終わることを、ほぼ確信していたときだった。
「ねー、帆乃先輩」
　葉月くんが急に手を止めて、わたしのほうに身体を向けてきた。
「な、何？」
　とっさに、何か危険なものを感じたので距離をとるために、身体を少し横にずらした。
　そんなわたしの様子を見て、葉月くんは身体をわたしのほうへ乗り出して、ソファについていた片方の手の上に、

手を重ねてきた。
「……帆乃先輩と俺が付き合う可能性は？」
 突然何を聞いてくるのかと思えば。
 そんなの聞かなくたってわかるでしょ。
 わたしの気持ちが依生くんにあることを知っているはずなのに。
 だから。
「……ゼロ」
 正直に答えてしまった。
「ふーん」
 自分から聞いてきたくせに、あまり興味がなさそうな返事の仕方。
 かと思えば。
「じゃあ──」
 重なった状態の手に、少しだけ力が込もって。
「……帆乃先輩と三崎先輩が付き合う可能性は？」
 さっきから、いったい何が知りたいんだろう。
 こんなことを聞いてくる意図がさっぱりわからない。
 答えは今の段階では、同じくゼロに決まっている。
 聞かなくたってわかっているくせに。
「……それもゼロ、だよ」
 少なくとも、このゼロから上がってプラスになることは、ほぼないはずだから。
 すると、わたしの答えを聞いて、片方の口角を少しだけ上げて笑う葉月くんの顔が見えた。

そして。
「じゃあさ……」
　その瞬間、肩を軽くトンッと押されて、油断していたせいで身体はソファに倒れた。
「……そのゼロをマイナスにしたらどうなる？」
　意味がわからず、固まっているわたしを無視してさらに話し続ける。
「もちろん、マイナスにするのは三崎先輩と付き合うって可能性のほうだよ？　ゼロとマイナスなら、ゼロのほうが上ってことくらいは先輩でもわかるよね？」
　淡々と話す口調と笑みに、身体が震える。
　危険だと思って、すぐに逃げ出そうとしたのに。
「もう遅いよ、先輩。逃げないで」
　両手首を片手であっさり拘束されてしまい、そのまま頭上に持っていかれた。
「抵抗したら縛ってもいいんだよ？」
　空いている片手で自らのネクタイに指をかけながら、もう片方の手はわたしの手首をつかんだまま。
　腕力ではかなわないことを示すように、力をグッと込めてくる。
「すっかり油断したでしょ？　何もなく今日まできて、このまま終われば解放されるって」
　急な態度の豹変についていけないし、何より恐怖を感じて震えが勝ってしまい、身体に力がうまく入らない。
「……残念だけど、俺はそこまでイイコじゃないよ」

フッと笑いながら、今度は人差し指でわたしの唇をそっとなぞってくる。
「先輩はダメな子だね。俺みたいなヤツと２人っきりになるなんて」
「っ……」
「ここは誰も来ないし、先輩がどれだけ泣き叫んでも俺のしたい放題にできちゃうわけだ」
　悪いことをしているくせに可愛い顔で笑いながら、わたしの胸元のネクタイをシュルッとほどいた。
「や、やめて……っ」
　必死に声を出すけど、大声どころか情けない弱い声しか出ない。
「んー、じゃあ俺と付き合ってくれる？」
「それは……無理だって……」
「じゃあ、やめない」
　ボタンが１つ、２つと外されて、そのまま葉月くんが首筋に顔を埋める。
「このまま噛みついたら、きれいに紅い跡が残るだろうね。それを三崎先輩に見られたらなんて言い訳する？」
　クスッと笑いながら話す声にゾクッとする。
　どうしたらいいのか、ギュッと目をつぶって、身体を強張らせていると……。
　ガタッと……聞こえるはずのない音が聞こえた──。
　急に聞こえてきた音に身体をビクッと震わせながら、視線をそちらのほうへ向ける。

そして一瞬にして空気が凍った。
　そこにいるはずのない……人物の姿を目の当たりにして、息をするのも忘れて固まる。
「あー、やっと来た。タイミングばっちり」
　まるで、このときを待っていたと言わんばかり。
　この状況に驚かないということは、こうなることを仕組んでいた……から。
「せっかくだから帆乃先輩の迎えを頼んだんだー。会いたかったでしょ？　──三崎先輩に」
　まんまと葉月くんの罠にハマってしまった。
　わたしがあれだけ、依生くんにバレるのを恐れていたのを知っていながら、ここに呼びつけるなんて……。
　怖くて、もう依生くんのほうを見ることができない。
　嘘をついてまで、葉月くんと２人きりでいるのを、今この瞬間見られてしまったから。
「……何してんの、帆乃」
　その冷めたような、怒気を含んだ声を聞くと、さらに目を合わせることができない。
　手の震えが止まらなくて、身体をゆっくり起こしながら、はだけたブラウスを直さず、そのまま手でギュッとつかむ。
　何も答えられずにいると、葉月くんが当たり前のようにはっきりと言った。
「２人きりだったら……まあ、起こっちゃいけないことも起こっちゃいますよね？」
　今、完全に──ゼロからマイナスになった。

ぜんぶ、こうなることが目的だったんだ。
「俺、帆乃先輩のこと本気なんで。どんな卑怯な手使ってでも、アンタから奪いとってみせるから」
　葉月くんがここまで計画的に仕組んでいたなんて……。
　それに気づけなかった自分の詰めの甘さを思い知った。

幼なじみ超えてキス。

　あれから、依生くんは何も言わずわたしを連れ出した。
　乱れた制服を直すひまもなく、ただ無言で腕を引かれて学校を出た。
　しばらく歩いて、連れてこられたのは人通りがまったくない路地裏。
　荒く、雑に身体を壁に押しつけられて、逃げ場はどこにもない。
　そして、依生くんが壁に軽く手をついて、耳元に顔を近づけてきた。
「……なんで、嘘ついたの」
　今にも消えてしまいそうな、儚げな声に驚いた。
　嘘をついたこと、葉月くんとあまり関わらない約束を守らなかったことへの怒りがぶつけられると思ったから。
　ただ、怒りよりも先に、わたしが嘘をついてまで葉月くんと2人っきりでいたという事実に悲しんでいるようにも見える。
「ご、ごめんなさ──」
　震える声で謝ろうとするけど、わたしの声なんて今の依生くんには聞こえていない。
「……そんな乱れた姿をアイツに見せたの？」
　冷たくて細い指先が、首筋をツーッとなぞってくる。
「……ムカつく。この肌を汚していいのは僕だけなのに」

そのまま首筋を舌で軽く舐められて身体が反応する。
　さっきの態度から打って変わって、今は何を言っても止まってくれそうにない。
「あ、あの……嘘をついたことは謝るから……っ。ただ、これには理由があって……」
「理由なんて聞きたくないって言ったら？　昔からずっと言ってんじゃん。何かあったら僕に言ってほしいって、頼ってほしいって」
「そ、それは……っ」
「中学のときも周りに何か言われたり、されたりしても僕には何も言わなくて。結局手遅れになって、１人で閉じ込められたこともあったじゃん」
　ただそれは、迷惑をかけたくなかったからなのに。
　自分が気遣いだと思って行(おこな)ったことが、ここまで裏目に出てしまうなんて……。
　今回のことだって、自分でなんとかしたかった。
　けど、自分の考えが甘かったせいで招いた最悪の結末。
「何も言ってこないってことは、葉月クンとやましいことしてたってとらえるけど」
「ち、違う……それは違うから」
「もし、帆乃が逆の立場だったら信用できる？　平気で嘘つく相手のことなんか」
「っ……」
　嘘をついたわたしも悪い。
　だけど……。

ここでふと、葉月くんに言われた言葉たちが頭の中にちらつく。
『ただの幼なじみに何を執着してんの？』
『幼なじみのくせに変だよ』
『三崎先輩だって帆乃先輩のこと好きだったら、とっくに幼なじみやめて彼女にしてるよ。それができないってことは、ただの幼なじみとしか見てないってことじゃないの？』
　っ……。どうやったって、わたしは幼なじみ止まり。
　だから……。
「ただの幼なじみの依生くんが……わたしをそこまで縛りつける権利はない……でしょ」
　言うつもりなんかなかった。
　なのに、依生くんの幼なじみを超える独占欲と、葉月くんに言われた言葉たちが引っかかって……。
　今まであったもどかしさが、ついに限界を迎えた。
「へー、結構言うね」
　そう言いながら、空いているわたしの片手を握って指を絡めてくるからドキッとする。
　呆れたのか……怒りを買ったのか……それとも、なんとも思っていないのか。
　言葉と態度が矛盾しているだけに、意図が読めない。
　けど……。
「……じゃあ、幼なじみとして一緒にいるのはもうやめようか」
　一瞬、思考が停止する。

こんなにもあっさり告げられるなんて。
　しょせん、わたしの存在なんて依生くんにとっては、その程度のものだったと証明されたみたいだ。
　胸の奥がドクッと大きく嫌な音を立てる。
「やめたら僕はもう帆乃のそばにいない。いる必要がないから」
　それはつまり……今までそばにいたのは、幼なじみだから……という現実を突きつけられた。
　やだよ……。
　依生くんがわたしのそばから離れるなんて、考えたくもない。
　なのに……。
「……い、いいよ……やめる」
　強がって、胸の中で思うこととは正反対のことを口にしてしまう。
　これ以上はダメだって言い聞かそうとするのに、ブレーキがうまくかけられない。
「依生くんがいなくったって……平気だもん」
　ここで感情的になっても損しかしない。
　昔からの悪いクセが久しぶりに出た。
　一時的に感情が暴走して、冷静じゃいられなくなってしまう。
「ふーん。いいよ、じゃあ、やめよーか。僕も帆乃がいなくったって、かまってくれる女の子は山ほどいるから」
「っ……」

「そっちは葉月クンと仲よくしてれば？」
「そんなこと……言われなくてもそうするから……っ」
　意地を張らずに、依生くんじゃないとダメだって言えたらいいのに。
「僕がいないとダメなくせに、何もできないくせに」
　その言葉が悔(くや)しくて、さらに感情を高ぶらせる。
「何もできない……なんて思わないで。本当はぜんぶフリなんだから……」
　あぁ……もう。
　こんなこと言ってもいいことない。
　自分から突き放してどうするの……。
「別にフリだろうがどうでもいいけどさ」
　今にも泣きそうになる顔を伏せると、顎に依生くんの指先が軽く触れて、クイッと上げられた。
「強気で言ってくるくせに、なんでそんな泣きそうな顔してんの？」
「そ、そんな顔してない……から」
「……あっそ。んじゃ、もう我慢なんてやめた」
　そう言うと、顔を近づけてきたので、とっさに顔を横に背ける。
「こっち向いてよ」
「や、やだ……っ、何する……の」
　今の依生くんは目や声に感情がなくて、何をされるのかわからないから怖い。
「……さあ？　ただ帆乃は、おとなしくされるがままになっ

てればいいんだよ」

 何それ……。

 自分勝手にも程がある。

 だから、両手で押し返そうとすれば。

「……抵抗したら手加減しないよ」

 言葉どおり、強引に唇が押しつけられた。

「……んっ」

 突然襲われた感覚に、甘ったるい声が漏れる。

 最初は強引だったのに、今度は唇の感触をたしかめるようにじっくりと、たまに唇を挟んで繰り返される甘いキス。

 ずっと塞がれたままで、息をするタイミングがうまくつかめなくて、息苦しさに襲われる。

 苦しさから逃れるために、とっさに依生くんの制服のシャツをギュッとつかむけど。

「……苦しい？　けどやめてあげないよ」

 シャツをつかんだはずなのに、指を絡められて甘さで感覚がおかしくなってくる。

「……おね……がい……っ、やめて……」

 うまく力が入らないし、唇は塞がれたままでうまく喋ることもできない。

 苦しそうにするわたしを見て一瞬、わずかに唇が離れた。

「……手加減しないって言ったじゃん。僕はそこまで優しくないから」

 フッと余裕そうに笑いながら、また唇が重なる。

こんなのおかしいのに……。
　気持ちの通じていないキスなんて、しても虚しいだけなのに。
　甘いキスに身体が逆らえなくて、心臓がバカみたいにドキドキうるさいのが悔しい。
「苦しかったら口開けなよ」
　酸素が足りないせいで、頭がボーッとして判断が鈍(にぶ)ったせいで言われるがまま。
「……いい子。たまんないね、止まんなくなる」
　触れるだけのキスでも耐えられないのに、開けた口の隙間から舌がうまく入り込んできて、さらに深く口づけをしてくる。
「……んっ……はぁ……っ」
　こんなに甘いキスをしてくるくせに、わたしのことはなんとも想っていないなんて……。
　わたしばっかりが好きで好きで……。
　だけど依生くんは、好きでもない相手にこんなふうに簡単にキスができてしまうひどい人……。
　きっと、こういうことをするのは初めてじゃないんだ。
　だってキスが慣れているから。
　今までわたしが知らなかっただけで、依生くんはキスや、キス以上のことを他の女の子としたことがあるのかもしれない……なんて。
　今さらながらそんなことが頭に浮かび、悲しさが我慢できず、閉じていた瞳からポロッと涙が頬を伝(つた)った。

「……あーあ、泣いちゃった」
　ようやく唇が離れて、力がすべて抜けて壁にもたれかかったまま地面に座り込んだ。
　息を乱しながら、必死に酸素をとり込む。
　それに比べて依生くんは息を切らすことはなく、真上からわたしを余裕そうに見おろしている。
「……なんで、キスなんか……っ」
　こんなキスされたくなかったという意味を込めて、手で唇をこする。
　だけど、感触がまったく消えない。
「……したくなったからしただけ」
「自分勝手……すぎるよ……っ。わたしの気持ち何も知らないくせに……っ」
「知らないよ。けど、もうどうでもいいから。したくなったら他の子にするし」
　いつだってわたしが優位に立てることはない。
　追い込まれてるわたしの必死の強がりなんて、依生くんにとっては痛くもかゆくもないんだ。
「依生くんなんて嫌い……大っ嫌い……っ」
　いっそのこと、"好き"なんて気持ち、ぜんぶなくなればいいのに——。

Chapter 4

フリじゃなかった。

　いつもと変わらない朝が来た。
　さっきから何度も何度もスマホのアラームが鳴っているのに、いっこうに起きられない。
　ここ数日、こんな朝を繰り返している。
　依生くんの声だったら一度で目が覚めるのに……なんて今さらそんなことを考えても仕方ないこと。
　あの日から依生くんは、パタリとわたしのそばからいなくなった。
　毎朝起こしに来ることも、一緒に登下校することも、いつも当たり前にそばにいることも。
　……だから嫌なんだ。
　感情が高ぶったせいで自分を見失って、思っていないことを口にしてしまった結果、こうやって溝ができてしまうことが。
　何年も一緒にいたのに、崩れるのは一瞬。
　わたしがいちばん恐れていたのは、依生くんのそばにいられなくなること。
　今までどおり、黙って何もできない幼なじみをやっていればよかったのに……。
　葉月くんの言葉にここまで踊らされて、惑わされてしまった自分のせい。
　これじゃ、あの子の思うつぼ……。

再び鳴ったアラームの音にハッとして時計を見ると、悠長に自分の世界に浸っている場合じゃなかった。

　急いで着替えをすませて、朝ごはんを食べるためにリビングへ。

「あら、おはよう。最近ギリギリまで寝てるのね～」

　少し乱れた前髪を直しながら席に着くと、すぐにお母さんが朝ごはんを用意してくれた。

　とりあえず時間がないので、出された朝ごはんを口の中に詰め込んでいると。

「依生くんはどうしたのよ？　ここ最近ウチに来ないし。何かあったの？」

　お母さんが不思議そうな顔をしながら、なんの悪気もなく聞いてくる。

「あれだけ毎日帆乃のこと気にかけてくれてたのに。ケンカでもしたの？　最近姿まったく見かけないし」

「べ、別に……何もないよ。忙しいんじゃないかな……。わたしもよくわかんない」

「ふーん、そう。帆乃でも知らないのね～。お母さんから結依ちゃんに聞いてみようか？　依生くんのお母さんだし、何か知ってるかも——」

「ダ、ダメ……！　それだけはやめて……」

　焦ったせいで、いつもより声を張って止めに入ると、お母さんは驚いた顔をした。

「そ、そう。じゃあ、やめておくわね？」

　今のわたしの反応から何かあったことを察したのか、お

母さんは控えめに言った。
「……行ってきます」
　残りの朝ごはんを無理やり詰め込んで、逃げるように家を出た。
　１人で乗る朝の電車は窮屈で仕方ない。
　学校の最寄りまで数駅だけど、人の数がすごすぎて息苦しい。
　……いつもは依生くんがそばにいてくれて、わたしが苦しくならないように周りから守ってくれていたから。
　ふと、電車のドアの窓に映った自分の姿。
　情けない顔……。
　少し下に目線を落とせば、へなっとして形の整っていない結び方をされたネクタイ。
　なんだ……できないのはフリじゃなかった。
　いつしか、依生くんがいないと本当にダメになってしまったんだ。

「帆乃先輩、おはよ」
「……」
「うわー、そんな怖い顔しないで。ね？」
　苦しい満員電車から解放されて、ようやく下駄箱に着いて靴を履き替えているところにやってきた、今とても会いたくない人……葉月くん。
　よくそんな、何事もなかったかのように接することができるもんだ……。

悪いことしたって自覚ないのかな……。
　だとしたら、とてもタチが悪い。
「先輩ってば、あの日からずっと俺のこと避けるから。だから朝ここで待ってれば顔見られるかなって」
　相変わらずにこにこ笑いながら、わたしの気持ちなんて平気で無視して話しかけてくる。
「そういえば、三崎先輩いないね。俺の思惑（おもわく）どおり２人の関係崩れちゃった？」
　かなり苛立（いらだ）ったけど、ここで言い返したらますます葉月くんの思いどおりになるみたいなのが嫌だから、無視してそのまま横をすり抜けようとすれば。
「無視しないで。怒ってる？」
　すれ違いざまに腕をつかまれて動きを制御（せいぎょ）される。
「怒ってる……よ」
　ここで許してあげられるほど、わたしは心の広い人間じゃない。
「俺は幼なじみの２人に事実を言っただけなのに？」
　それが本当のことであるのが無性に悔しくて、拳（こぶし）をグッと握る。
「言ったでしょ。俺は帆乃先輩を手に入れるためなら手段は選ばないって」
「だ、だからって、何もあそこまでしなくてもよかったでしょ……。やり方が汚いよ……」
　わざと２人っきりでいるところを見せつけるために、依生くんを呼びつけるなんて……。

「でもさー、俺がちょっと揺さぶっただけでこんな簡単に崩れるんだから、しょせんその程度のカンケーだったんじゃないの？」

　すると葉月くんが何かに気づいたようで、そちらに目線を向けた。

　ジッと目をそらさずに一点を見ているから、視線の先に何があるのかと思い後ろを振り返った。

　少し遠目だけど、誰かなんてすぐわかる。

　どんどんこちらへと近づいてくる姿を見て、心臓がドクドク嫌な音を立てる。

　そして何も言わず、こちらも見ず、わたしたちの横をすり抜けていった——依生くん。

「ねー、三崎先輩。何も言うことないんですか？」

　歩いて去っていく依生くんの後ろ姿に、葉月くんが少し大きめの声で言う。

　するとその足は止まり、こちらを向いた。

「……何もないけど。ってか、なんでいちいち僕に聞くわけ」

　苛立っているのか、早くこの場から去りたいのか、面倒くさそうな表情と声のトーン。

「じゃあ、俺が帆乃先輩のこと、もらっていいんですね」

「勝手にすれば。もうカンケーないし、好きにすればいいでしょ」

　こんな言葉で傷ついてしまうわたしの心は、どこまでも弱くて脆い。

　ここで泣くわけにはいかないけど、胸が痛くて苦しくて

張り裂けそう。
　冷たい言葉を残したまま、去っていく後ろ姿を追うこともできず、ただ見つめるだけ。
「冷たいね、カンケーないだってさ」
　……あっけない現実を目の当たりにして、葉月くんの言葉がほぼ耳に入ってこない。
「とりあえず教室まで行こっか」
　何も喋る気になれず、腕を引かれたまま教室へ連れていかれた。

「俺も先輩と同じクラスがよかったなあ。席とか隣になりたいなー」
　教室に着くと、他学年のクラスに興味があるのか中を覗き込んでいる葉月くん。
　無視してそのまま席に向かおうとしたけど。
「えー、先輩もう行っちゃうの？」
　カバンをグイッと引っ張られて、中に入れない。
「もうすぐホームルーム始まる……から。葉月くんも早く自分の教室に行ったほうがいいよ……」
　正直早く離れてほしいし、もう自分の席に着きたい。
　葉月くんは気づいているのか知らないけど、地味にクラスの人たちの視線がこちらに集まっている。
　特に女の子たち。
　こうやって目立つのはあまり好きじゃない。
　すると、わたしたちの近くに座っていた、クラスでも目

立つ女子3人組のうちの1人である中井さんが、こちらをギロッと睨んできた。
「あれって1年の桜庭くんだよね？ なんで2年の教室にいるんだろうね〜」
　大声で、わざと教室にいる人たちに聞こえるように言っている気がする。
　すると中井さんと一緒にいる子がそれに便乗してきた。
「なんか芦名さんと親しそうじゃない？ けど2人が一緒にいると、桜庭くんが目立つから芦名さんが余計地味に見えるよね〜」
　ほら……始まった。
　依生くんのときもそうだったけど、地味なわたしが目立つかっこいい男の子と一緒にいることが、女の子たちは気に入らないんだ。
　最近あまり言われないと思ってたのに、突然こうやって標的にされるから嫌なんだ。
「ははっ、わかる〜。ってか、地味なのにやること大胆だよね。わたしがあの容姿だったら近づく勇気ないわ〜。すごいよね〜」
「ってか、芦名さんって三崎くんとも親しげじゃん？」
「それは幼なじみだからだよ〜。そうじゃなかったら相手にされないでしょ！」
　クスクス笑いながら、見た目だけでバカにしてくるこの人たちの態度に気分が悪いけど、言い返さなきゃいいだけの話……。

相手にするだけ無駄だ。昔からこうやって我慢してきたから。
「最近三崎くんと一緒にいないと思ったら、今度は桜庭くんにつきまとってんだね〜。見た目に反して積極的で尊敬しちゃう〜」
　さっきまで騒がしかった教室内は、いつしか静まり返って、教室には中井さんたちの会話しか聞こえなくなった。
　葉月くんと一緒にいて注目を浴びてしまって、この光景を依生くんに見られていると思うと気が落ち着かない。
　気になって依生くんのほうをチラッと見れば、こちらを見ることもなく無表情のまま……。
　勝手に傷ついた。
　何も言い返せず黙っていると。
「……なんか誤解してるバカな人たちがいるね」
　葉月くんが怒りを抑えた声でボソッとつぶやいたかと思えば。
　クラスメイトの視線からわたしを隠すように、目の前に立った。
　そして。
「何か誤解してるみたいなんで、今ここで言っとくんですけど。つきまとってるのは俺ですから」
　大声でクラス全員に聞こえるように言ったのに驚いた。
　な、なんでそんなことわざわざ……。
　これじゃ葉月くんが周りによく思われないんじゃ……。
　わたしの心配をよそに葉月くんはさらにたたみかける。

「それと、さっきから帆乃先輩を地味とか、けなすようなこと言ってますけど。みんな知らないだけで、めちゃくちゃ可愛いですから」
「ちょ、ちょっと……そんなこと言ったら余計に目立っちゃうから……っ!」
　後ろから、葉月くんだけに聞こえる声で止めるけど、聞く耳をまったく持ってくれない。
「俺は帆乃先輩が誰よりも可愛いってこと知ってるから」
　またそんなこと言って。
　変な噂されたらどうするの……!
「あと、人のことをバカにして笑う女の人には、これっぽっちも魅力を感じないですよ。見た目がどれだけ可愛くても、人としてどうかと俺は思いますけどね」
　わたしが言えなかったことをすべて葉月くんが、かばって言ってくれている。
　本当によくわかんない子……。
　わたしと依生くんを引き離すために卑怯な企(くわだ)てをしたくせに。
　甘え上手で、女の子みんなを虜(とりこ)にしてしまうような甘い顔をして、やることはずる賢くて。
　それなのに、わざわざわたしをかばってくれるなんて。
　すると、タイミングよくチャイムが鳴った。
「あー、チャイム鳴ったね」
　目の前にある大きな背中が、急にこちらを振り返った。
「本当はもっと先輩といたかったけど。まあ、また会いに

来るから」
　さっきまでの出来事は何もなかったように、にこっと笑っていた。
　そして最後に釘をさすように教室のほうに向けて大きな声で言った。
「今のはぜんぶ俺が思ったことを言っただけなんで。間違えても帆乃先輩に言いがかりとかはやめてくださいね？ そんなことしたら女の人でも容赦しないんで」
　おそらく中井さんたちに向けたもの。
　葉月くんが去ったあと、わたしに何も危害が及ばないように。
　中井さんたちはムッとした顔をして、きまりが悪そうに各々自分の席へと散っていった。
「こんだけ言っておけば大丈夫だと思うけど。もしあの人たちになんかされたら俺に言って」
　急にこんなふうに優しくされると調子が狂う。
「あ、ありがとう……かばってくれて」
「どーいたしまして。まあ、俺もあの人たちみたいに前に帆乃先輩の容姿のことバカにしちゃったから、あんま人のこと言えないけどね。ほんと反省してる」
　葉月くんから反省って言葉が出てきたのは意外って言ったら失礼かな。
　でも、本当に悪かったって顔をしているから。
「そ、そんなの気にしなくていいよ」
「帆乃先輩は優しいね。俺嫌われることばっかしちゃって

るからなあ。これからガンバロー」
　そのまま背中を向けて、手を振りながらわたしの教室を去っていった。
　だんだんと遠くなっていく葉月くんの背中を見つめていると、担任の先生が来る姿も見えたので、あわてて教室の中に入った。
　若干、教室内の空気に気まずさを感じながら自分の席へ行くと。
「……よかったじゃん。葉月クンに守ってもらえて」
　隣からこちらを見ずに、不機嫌そうな言葉が飛んできた。
「依生くんには関係ないでしょ……」
　あぁ、もうバカみたい。
　こうやって強がれば強がるほど、溝はどんどん深くなっていくばかりなのに……。
　下唇をグッと噛みしめながら着席すると、前の席に座る明日香ちゃんがわたしのほうに身体を向けて、依生くんがこちらを見ていないことを確認する。
「帆乃ちゃん、三崎くんと何かあった？　ここ何日か２人とも一緒にいないから」
　小声で心配そうな顔をして聞いてくれた。
「あ……うん。少しだけケンカ……しちゃって」
　あんまり心配はかけたくないし、おおごとになるのは嫌だから、『少しだけ』と嘘をついた。
「ケンカって……。もしかして、帆乃ちゃんが男の子と仲よくしてるのにヤキモチ焼いた三崎くんが怒ったとか？」

「う、ううん……違うよ。わたしが悪いんだ……ぜんぶ」
　つい自分を責めるような口調になってしまった。
「それとも、もしかして葉月くんに何かされたとか？　今朝も一緒だったみたいだし……。それで２人の関係が──」
「ほら、そこの２人。特に中本さん！　今はホームルーム中ですよ。喋っていないで前を向きなさい」
　教卓に立つ先生の指摘で会話は遮られた。
　正直、答えづらいことを聞かれたのでタイミング的にちょうどよかったかもしれない。
　明日香ちゃんが前に向き直ってホームルームが再開。
「では、もうすぐ行われる体育祭の種目決めのほうをしていきます。体育委員を中心に、それぞれ規定の人数を満たすように、話し合って決めてください」
　もうそんな時期なんだ。
　気づけば９月が終わって10月に入っていた。
　夏の暑さがまだ残っているせいで、秋らしさをあまり感じない。
　先生と入れ替わりに、体育委員である明日香ちゃんと花野井くんが教卓のほうへ行き、種目決めが始まった。
　わたしはあまり運動が得意じゃない。
　特に走るのが苦手。
　できればリレーとかは避けたいと思って、大人数が参加できる綱引きを選んだんだけど……。
「えっと、綱引きに人数が偏りすぎているので、綱引きはクジにします」

はぁ……みんな考えることは一緒か。
　綱引きってラクというか、団体戦みたいなものだから個人の責任ないのがいいし。
　こういうクジってぜったい外すんだよなぁ……。
　昔からクジ運ないから。
　そして予感は的中、見事クジはハズレ。
　あと選択できる種目はリレー以外だと個人の100メートルしか残っていなかったので、仕方なく100メートルに出ることにした。

甘いキスの誘惑には勝てない。

　そして迎えた体育祭当日。
　わたしはグラウンドから少し離れた日陰(ひかげ)で競技の様子を１人でボーッと眺めていた。
　さっきまで明日香ちゃんと一緒だったけど、明日香ちゃんはいろんな種目に出ることになっているし、体育委員の仕事もあるので大忙し。
　運動が得意だから朝から張り切ってたもんなぁ。
「あー、帆乃ちゃんいた！　もうすぐ100メートル始まるよ〜！」
　クラスメイトの亜季(あき)ちゃんに声をかけられて、自分が出る番が近づいていることに気づかされる。
　いけない、もうそんな時間なんだ。
「あっ、ありがとう！　今から行くね」
「うん、頑張ってね〜！」
　頑張りどころがないけれど……なんてことは言えず、憂(ゆう)うつな気分のまま集合場所へ。

　そしてあっという間に競技が始まってしまった。
　全学年で６組走る予定で、わたしが走るのは３組目。
　どうか転びませんように……無事にゴールできますように……なんてことを胸の中で願う。
　不安のままついに３組目がスタートの位置に立つ。

とりあえず1位なんて贅沢は狙わず、ゴールすることを目標に落ち着いて走ろう。
　周りのすごい声援(せいえん)は、「位置について」の声がかかると一気にシーンと静まり返った。
　ピストルの音がパンッと鳴って、横一列からいっせいに走り出す。
　ピストルの音が想像していたよりかなり大きくて、びっくりしたせいでスタートから出遅れてしまった。
　しかも勢いよく飛び出していった子たちは、みんな速くて到底(とうてい)追いつけない。
　必死に走りながら、ようやく半分の距離を越えたとき。
　地面を蹴る速さに足が追いつかなくなって、もつれてしまい、派手にドサッと転んだ。
　あぁ……最悪。
　転んだせいで、たくさんの人の視線が一気にこちらへと集まってくる。
　この状況がすごく恥ずかしくて、起き上がれない。
　かといって、いつまでも地面に転んだままでいるわけにもいかない。
　……どうしよう。
　焦ったせいで、頭の中がパニックになっていると、周りのざわめきがひときわ大きくなった。
　それとほぼ同時。
　地面にあったわたしの身体がふわっと浮いた。
「……へ？」

いったい何事だろうとびっくりしたけれど、それ以上に周りにいた女の子たちの悲鳴のような叫び声にさらにびっくりした。
「あーあ、転んじゃって。ドジだね、帆乃先輩は」
　そこには、フッと笑いながら、わたしを軽々とお姫さま抱っこしている……葉月くんの姿。
　思わず目を見開いて葉月くんの顔を見る。
「な、なんで葉月くんが!?」
「だって帆乃先輩、転んだまま起き上がらないから。心配になってコースに割り込んじゃった」
「えぇ……！」
　心配してくれたのはありがたいけれど、転んだときよりますます注目の的になっているので、とにかく今の抱っこ状態から早く解放されたい。
　だけど、助けに来てもらえてよかったと思う自分もいたりする。
　１人だったらどうしようもできなかったから。
「あー、膝擦りむいてるじゃん。もうどうせビリだから、このまま抜けちゃおっか」
「えぇ!?」
　そんなことしていいの!?と思っている間に、葉月くんはわたしを抱っこしたままグラウンドをあとにした。
　もちろん、女の子たちの悲鳴はずっと止まらないまま。

「うぅ……めちゃくちゃ恥ずかしかったよ……！」

今ようやく校舎の中に入って、人目に触れなくなるところまで来た。
　グラウンドからここに来るまで、ずっと葉月くんの胸に顔を埋めていた。
「それを言うなら、先輩のこと抱っこしてる俺のほうが目立って恥ずかしいよ？」
「そ、それはそうだけど……！　ていうか１人で歩けるもん……！」
　ひねったわけでもなく、ただのかすり傷だし。
　さっきからおろしてとお願いしているのに、まったく聞いてくれない。
「ケガ人なんだから、黙って運ばれてればいいの」
　なかなか折れてくれず、結局保健室までそのままだった。

　保健室に着くと、いつもいるはずの古川先生の姿はなかった。
　たぶん、外の救護テントにいるんだろう。
「先生いないみたいだから俺が手当てしてあげる」
「えっ、いいよいいよ。自分でできるし」
「はいはい、ケガ人はおとなしくイスに座っててね」
　何もやらせてもらえず、近くにある長イスにおろされた。
「救急箱ってあそこの棚にある？」
「う、うん」
　数分して葉月くんが救急箱を持ってやってきた。
「はい、脚出して」

擦りむいた左膝のあたりを消毒して、丁寧にティッシュで拭（ふ）いてから、大きめの絆創膏を貼ってくれた。
「葉月くんって意外と器用なんだね」
「別にこれくらいじゃ器用なんて言えないよ。どちらかっていうと俺、不器用なほうだし」
　そう言いながら、絆創膏が剥（は）がれないようにテーピングまでしてくれた。
　たぶん、あの転んだ場面で葉月くんが助けてくれなかったら、何もできずにいたと思う。
　この歳（とし）になって、転んだくらいのことを自分でなんとかできないなんて情けない。
「あ、あの、助けてくれて本当にありがとう」
「どーいたしまして。たぶん先輩のことだから転んでみんなに注目されて、パニックになってんのかなって。だから、俺が助けてあげないとって思ったら自然と身体が動いてたんだよ」
「気づいてくれたの……？」
「そりゃーもちろん。好きな人の性格くらい把握（はあく）してないとね」
　なんだ……意外といいところあるじゃん。
　少し見直した。
「まあ、俺が助けに行ったから余計目立っちゃったけど」
「そんなことないよ。すごく恥ずかしかったけど、助けに来てくれたのは感謝してるよ、ありがとう」
　葉月くんが助けてくれたおかげで抜けることができた

し、こうして保健室まで連れてきてくれて、手当てもしてくれたから。
　思ったことを素直に伝えると、自然と笑顔になっている自分がいた。
「先輩が素直なの可愛いね。もっとそうやって、俺の前で笑ってくれたらいいのに」
　少し照れた顔をしながら隣に腰かけて、スッとわたしの髪に触れる葉月くん。
「今回は三崎先輩より、俺のほうが先に帆乃先輩のピンチを助けたよ」
「そう……だね」
「これからもそうするつもり。三崎先輩がそばにいない分、俺がそばにいるから」
　珍しく真剣な顔つきで言ってくるから、なんて返したらいいのか戸惑う。
「三崎先輩とのことに関しては、ガキっぽいことして悪かったって思ってる。手段を選べない状況だったとはいえ、帆乃先輩のこと傷つけちゃったから」
　そんなふうに思っていたなんて意外……とか言ったら失礼かな。
「どうしても先輩に振り向いてほしくて、俺のものにしたくて」
「なんでそこまで……」
「俺もよくわかんない」
「えぇ……自分のことなのに？」

「自分がここまで夢中になる人が現れること自体が想定外だし。ましてや、ひとめぼれなんてしたことないからね」
「ひ、ひとめぼれって本当なの……？」
 まさか保健室で出会ったあの一瞬で？
 そんな簡単に人を好きになることなんてある？
「本当だよ、嘘じゃない。俺さー、正直ひとめぼれなんてぜったいしないと思ってた。女の子なんて自然と寄ってくるから、その中から好みの子を選んでテキトーに付き合えばいいかなとか思ってたサイテーなヤツだから」
 さらに葉月くんは話し続ける。
「そもそも恋愛にそんな興味なくて。相手は誰でもいいとか思ってて。まさかそんな俺が、こんなに帆乃先輩に夢中になるなんてね」
 イスについていた手の上に、そっと葉月くんの手が重なってきた。
 強引さはなくて、優しく握ってくる。
「自分でもおかしいくらいに先輩のことでいっぱいだし、すごく好き。少しずつだけど先輩と過ごして、内面とか知って、ますます気になったから」
 ……初めてだ。
 こんなに葉月くんが自分の想いを話してくれたのは。
 いつも生意気ばかりで、平気で脅してきたりするくせに。
 それなのに、いきなりこんな真剣な一面を見せて、想いを打ち明けてくれるなんて。
「彼女になってくれたら、とびきり大事にするのに」

片頬に葉月くんの手が触れて、そのまま横を向かされて目が合うと少しだけ鼓動が速くなる。
「どうやったら……俺は三崎先輩以上になれる？」
　少し切なく歪んだ表情は、とても作りものには見えない。
「俺のこと……ちょっとは意識してくれる？」
　甘えるような声に揺さぶられて、反応に困って次の言葉を探していると――。
『1年3組、桜庭葉月くん。出場する種目の集合時間がすぎています。至急グラウンドまで来てください』
　突然聞こえてきたアナウンスにびっくりした。
「あーあ、いいところで邪魔入った」
　ちぇっと不満そうな顔をして立ち上がる葉月くん。
「今言ったことぜんぶ本当だから。ちょっとは俺のことも考えてね」
　いつもの調子に戻り、驚いて固まるわたしの頬に軽くキスをしてきた。
「っ!?　ちょっ……！」
「彼氏になったら口にさせてね」
　イタズラな笑みを浮かべて、うまいこと逃げるように保健室から去っていってしまった。
「も、もう……」
　変なの……。
　葉月くんのことなんて、ただの後輩としか見ていなくて、恋愛対象は依生くん以外ありえないはずなのに。
「なんで……」

こんなに胸が騒がしくなるんだろう。
胸に手をあてるとよくわかる。
平常時よりも明らかに脈が速いことが。
キスされたところが、まだ熱を持ったまま冷めない。
好きになるなんて……ありえないはずなのに。
さっきから葉月くんの顔が頭から離れないのはどうしてだろう……？
いったん自分を落ち着かせようと思い、フウッと深呼吸をすると……いきなり保健室の戸が開く音がした。
誰か来たっぽい。
もしかして古川先生かな。
それともケガ人？　体調不良の人？
音がしたのに中に入ってくる気配がなく、心配になり入り口のほうへ行くと……。
「え……、なんで——依生くんがここに……」
壁にもたれかかって、明らかに具合が悪そうな顔色をしている依生くんがいた。
わたしの姿を見つけると、ふらついた足取りで、ゆっくり近づいてきて……。
「……帆乃」
弱々しく名前を呼びながら、わたしに身体をあずけるように倒れてきた。
「えっ……う、嘘……っ、身体熱いよ……！」
依生くんの身体に触れると、異常なくらい熱を持っているし、耳元で聞こえる呼吸も荒い。

さっきふらついていたし、もしかしたら熱中症かもしれない。
　すぐにベッドのほうへ連れていって、寝かせた。
　そして保健室にある冷やすものを片っ端から集めて、依生くんの身体にあてる。
「えっと、大丈夫？　わたしの声ちゃんと聞こえる？」
　もし反応がなかったら意識がかなり薄れているので、すぐに古川先生を呼んでこなくてはいけない。
「ん……大丈夫」
　きちんと反応してくれたので、とりあえずホッとする。
「ちょっと冷たいかもしれないけど、身体の熱を下げるためだから我慢してね。あと、古川先生にもみてもらったほうがいいから、すぐに呼んで——」
　まだ話している途中なのに、長い腕がゆっくり伸びてきて、熱を持った手でわたしの手をつかみながら——。
「……どこにも行かないでよ、帆乃」
　弱く甘えた声……。
「わ、わたしじゃ、そばにいても何も処置してあげられないから……。早く先生呼んでしてもらったほうが……」
「……そんなのいらない。帆乃さえいてくれたらそれでいい……」
　つかんでくる手の力はあまりに弱くて、振りほどこうと思えば簡単にできてしまう。
　だけどこんな弱った姿で言われたらできるわけない。
　ましてや相手が依生くんなら、なおさら。

ここ最近まともに会話すら交わしていなくて、ギクシャクしていて。
　もう二度とこんなふうに２人で話すことや、触れることなんてないと思っていたのに。
　今こうして一緒の空間にいて、依生くんがわたしを求めているなんて……。
　複雑な気持ちのまま、ベッドのそばに置いてあるイスに腰をおろした。
　手はつかまれたまま。
「……さっき」
「え？」
「ケガ……したみたいだけど大丈夫だった？」
「あ……」
　きっと見られていたに違いない……さっきの光景を。
「……葉月クンに助けてもらったから平気？」
　顔色がよくないのは変わらないけれど、その上さらにムスッとした顔で見てくる。
「へ、平気……。かすり傷だから」
　ここであえて葉月くんの名前は出さず、ケガの具合だけを伝えた。
　すると、それに対する返事はなく、依生くんはそのまま目を閉じてしまった。
　寝たのかな……と思ったら。
　今もまだつかまれている手に力が込められて。
「……のど、渇いた」

少しかすれた声。
「あっ、お水ここにあるよ。飲める？」
　さっき水分も必要だと思って、冷やすものをとりに行ったときに、お水のペットボトルも持ってきておいた。
「お、起きられる？」
「……無理」
　起きるのが無理そうなので、寝かせたまま飲ませてあげることにした。
「口開けて。これで飲めそう？」
　飲みやすいように依生くんの口元にペットボトルの口を近づける。
「ん……飲めない」
　わたしのやり方が下手なのか、水は口からこぼれてしまうばかりで、全然飲み込めそうにない。
「のど……渇いて死にそう」
　つらそうにしているので、早く飲ませてあげたいのはやまやまなんだけども……。
　ストローか何かあればいいけど、そんなものは今ここにはないし……。
「……帆乃が飲ませて」
　腕をグイッと引かれた反動でわたしはイスから立ち上がる形になり、顔が自然と依生くんに近づく。
　そして、わたしの唇に指でそっと触れながら──。
「……ここで」
　いくら鈍感なわたしでも、この意味はわかったので思

いっきり動揺した。
「な、なに言ってるの……。そんなのぜったい無理……だよ」
「僕が死んじゃってもいいの？」
「そ、その言い方はずるいよ……」
　そんな大胆なことできるわけないって思うけど……。
「……早くちょーだい、飲ませて」
「っ……」
　どうせ……唇を重ねるのは初めてじゃない……。
　そう言い聞かせると、手が自然とペットボトルを持っていた。
　そのまま水を自分の口へと流し込んで。
　ギュッと唇を閉じて。
　依生くんの顔にそっと近づけた。
　恥ずかしくてたまらない。
　……なんて思いながら……唇を重ねた――。
　少し開いた口から水がうまく入り込んで、ゴクッと飲み込んだ音がした。
　唇まで熱くて、それが移ってしまいそうで、こっちまでクラッとくる。
　いくらお願いされたからとはいえ、自分からこんな大胆なことをするなんて……。
　ゆっくり唇を離そうとしたのに……。
「もっと……」
「……んんっ」
　後頭部に依生くんの手が回ってきて、ガッチリ固定され

たまま離れられない。
　触れただけの軽いキスだったはずなのに、さらに深いキスを求めてくる。
　甘い熱に侵されて、気がおかしくなりそう……。
「足りない……もっと帆乃が欲しくてたまんない」
「ん……っ、やぁ……」
　甘すぎるキスを拒むことができない。
　さっき葉月くんに触れられて、伝えてくれた想いにドキドキしていた自分はもういない。
　意識がぜんぶ依生くんに集中する。
　心のどこかで、このキスが心地よくて、離してほしくないなんて……。
　そんなこと……口が裂けても言えるわけない──。

叶わないってわかっていても。

「ちょっと、帆乃!!」
　ある休みの日の朝。
　何もする気になれず、部屋で1人ゴロゴロしていると、玄関のほうからお母さんに呼ばれた。
　声の雰囲気からして、あわてているというか、驚いているように聞こえたので急いで下に向かう。
「あ、先輩来てくれた」
「……え」
　いつも見る制服姿とは違い、パーカーを羽織って、全身黒のコーデで玄関先にいる人物。
「デートに誘おうと思って来てみた」
「は……!?　え、いやなんで葉月くんがウチにいるの!?　しかもデートってどういうこと!?」
　いきなりすぎて、びっくりどころの話じゃない。
　まさか家に来るとは思わないし、いきなりデートなんて急すぎない……!?
「先輩とデートしたいから来たのに。そんな驚く?」
「いや驚くでしょ……!　突然すぎるよ!」
　連絡も何も来てないし……!
　すると、この会話を真横で聞いていたお母さんが、すかさず話に入ってくる。
「突然だっていいじゃない!　せっかくこんなイケメンく

んがデートに誘ってくれてるんだから。どうせ今日ひまなんだから行ってらっしゃいよ〜」

 何やらニヤニヤして、興奮しながらわたしの肩をビシビシ叩いてくる。ひまなんて余計なこと言わなくていいのに。

 ぜったい葉月くんと何か関係があるって誤解されているに違いない。

「せっかくのお誘い断るなんて失礼でしょ？ それに、最近浮かない顔ばかりで元気なさそうにしてるから、気晴らしに出かけてきなさい！」

 こうして半ば強引に家を追い出された。

「先輩どこか行きたいとこある？」
「えぇ……どこでもいいよ」

 とりあえず駅まで向かって、これからどこに行くかを悩んでいるところ。
「……って、誘いに来てくれたのに行き先決めてないの？」
「思いつきでデートしようって決めたから、何も考えてないんだよねー」

 そんな軽いノリでよく誘いに来たな……と思う。
「まあ、先輩と一緒だったらどこでも楽しそうだし」

 少しの時間考えると、どこか行きたい場所を思いついたのか、急にわたしの手をとった。
「行きたいとこ思いついた」

 どこ？って聞く前に歩き出したので、行き先を聞くタイミングを逃したまま、電車を乗り継いで数十分。

到着した場所は予想外なところ。
「え、遊園地？」
「先輩好きそうだなーって」
「とか言って、葉月くんが遊びたいだけなんじゃないの？」
「えー、俺は先輩みたいにお子ちゃまじゃないし」
「なっ、失礼だよそれ！　葉月くんのほうが年齢的にはお子ちゃまなくせに！」
　遊園地に来るのは小学校の遠足以来かもしれない。
　それくらい久しぶり。
　幼い頃のワクワクした気持ちと似たものがあって、心をくすぐられる。
　すごく楽しそうだなぁ。
「まあ、今だけでも楽しんじゃえばいいじゃん？　嫌なことなんて忘れて」
「別に嫌なことなんて何もない……もん」
「はいはい。んじゃ、中入ろーか」
「う、うん」
　チケットを買って中に入ってみると、休みの日ってこともあって人がすごい。
　家族連れが多いかな。
「先輩、絶叫系とかいける？」
「え、いや……あんまり」
「えー、あれ乗らない？」
「っ!?」
　葉月くんが指さした先にあるのは、この遊園地のボス的

な風格をかもし出すジェットコースター。
　見るからに速そうだし、何より落ちる角度がえげつない。
　ほぼ垂直(すいちょく)じゃん……！
　ってか、来て早々いきなりこれ乗る!?
　普通はもっとラクそうなのから乗って、ああいうのは慣れた頃に――みたいな感じじゃないの？
「い、いきなりこれはキツイよ！」
「えー、いきなりだからいいんじゃん。落ちるときのゾッとする一瞬がクセになるんだよねー」
　か、変わり者だ。
　わたしには、その感覚まったくわからない！
　初っ端(しょっぱな)からこんなのに乗ったら、体力もたなそうだし、すぐバテそう。
「葉月くん１人で乗ってきなよ」
「それじゃデートの意味ないじゃん」
「えぇ……」
「何が楽しくて、男１人でジェットコースター乗らなきゃいけないわけ？」
「別に１人で乗ってもいいと思うけど……」
「乗れないわけじゃないならいいじゃん。一緒に乗ってよ。ね？　お願い」
　すごく押してくるし、１回でも付き合わないとずっとしつこく言ってきそうだから、勢いで渋々乗ってみた。

「ぬぅ……気持ち悪い……」

失敗した……。
　自分が思っていたより三半規管(さんはんきかん)が弱かったのか、１度乗っただけで酔(よ)ってしまった。
「大丈夫？」
　とても歩けそうになくて、というか気分が悪すぎて、起きていることさえ億劫(おっくう)。
　おりたところにベンチがあったので、身体を横にして頭を葉月くんの太ももの上に置かせてもらっている。
「ご、ごめんね。まさかここまで自分が乗り物に酔いやすいとは思ってなくて」
　昔はもっと平気だったんだけどなぁ……。
「いいよ。俺のほうこそ強引に誘ってごめんね」
　葉月くんの大きな手のひらが、前髪をふわっと優しく撫でてきた。
「あ、そーいえば今日はメガネじゃないんだね」
　上からわたしの顔をジーッと見ながら言う。
「うん。休みの日に出かけるときはいつもコンタクトかな」
「ふーん、そうなんだ。俺はそのほうが好きだなあ。顔がちゃんと見えるから」
　にこっと笑いながら、わたしの頬を指で軽くツンツンつついてくる。
「メガネのほうが落ち着くもん」
「隠すのもったいないよ。帆乃先輩めちゃくちゃ可愛いのにさ」
「可愛くないもん」

「またそうやって否定する。いい加減、自覚して認めればいいのに」
　すると、いきなり頬にピタッと冷たいペットボトルがあてられた。
「ひぇっ、冷たい！」
「ひんやりして気持ちいいでしょ？」
「う、うん」
　そうして少し休んだら徐々(じょじょ)によくなっていったので、他のものに乗るために歩くことになった。
「あ、あれ乗りたい！」
　可愛らしいコーヒーカップを見つけて、思わずテンションが上がる。
「先輩ってバカなの？　あんなの乗ったらまた酔うよ？」
「ハンドル回さなきゃ大丈夫だよ！」
「それ乗る意味なくない？」
　葉月くんがハハッと笑いながら、バカにしてくる。
「じゃあいいよ、１人で乗るもん」
「それは虚しすぎるでしょ。仕方ないなあ、さっきのおわびに付き合ってあげるよ」
　なんだかんだ、こうやって付き合ってくれるところが、意外と優しかったり。
　結局、一緒に乗ってもらったけど、周りがすごい勢いでハンドルを回している中、何もせずにただ座っているだけというシュールな光景になっていた。
「あー、俺たちすごい浮いてたよねー。回らないコーヒー

カップとか初めてだし」
　葉月くんはコーヒーカップをおりてからずっと笑ってばかり。
「回さなくても充分楽しめたもん！」
「帆乃先輩って、ちょっと変なところあるよね」
　相変わらず笑ったままなので、無視してスタスタと歩いて、乗りたいアトラクションをすべて制覇する勢いで楽しんだ。

「はぁぁぁ、もうクタクタ……！」
　気づけば3時間くらいはしゃぎ回っていた。
「先輩俺より子どもじゃん。めちゃくちゃ楽しんでるし」
　とか言いつつ、葉月くんだって楽しんでたくせに。
　もうそろそろ帰るにはいい時間。
　だいぶ日が短くなったので、暗くなるのも早い。
「そろそろ帰ろっか。もう暗くなっちゃったし。葉月くんは時間大丈夫？」
「あーあ、普通逆だよ、それ」
「え？」
「時間大丈夫って聞くのは男のほうでしょ」
「あ、そうなの？」
　葉月くんは自分より年下だからっていう意識があるせいか、心配して聞いてしまった。
「ははっ、ほんと先輩って抜けてるところあるよね」
　いつもイタズラっぽい悪い笑みしか見せないのに、今日

は自然と楽しそうに笑っているように見える。
　そんなことを考えていると、突然手を握られた。
「ねー、先輩。最後にさ、あれ乗らない？」
　指さした先に見えるのは大きな観覧車。
「ベタだけど、好きな人と乗るって憧(あこが)れない？」
　さらっと『好きな人』と口にされて、ドキッとした。
　ここで過剰に反応したくなかったので、抑えるように口を動かす。
「葉月くんなら……わたしじゃなくても他にもっと見合った子がいると思う……よ」
　可愛くないことを言ってしまった。
　この態度に呆れてくれればいいのに。
「先輩ひどいなあ。誰でもいいってわけじゃないのに」
　わざと軽く笑って見せているけど、これは作りものの笑顔だってわかった。
「……帆乃先輩じゃなきゃダメなのに」
　握ったままの手をそのまま引かれて、こちらを向かず前を見ながら歩き出して、ボソッと……。
「これで最後にするから──」
　届くことのない声が、微(かす)かに空気を揺らした。

「へー、結構高くまで上がるんだね」
「……」
「帆乃先輩？」
「あっ、そ、そうみたいだね」

結局拒否することができずに、観覧車に乗ってしまった。
　普通は観覧車に乗ったら向かい合って座るかと思っていたのに、今隣同士で座っている。
　肩が触れるか、触れないかくらいの微妙な距離。
「……今、2人っきりだね」
　さっきまで外の景色を見ていた葉月くんの横顔が、急にこちらを向いて、しっかり目が合った。
　いつになく真剣な顔をしているから、思わずそらしたくなってしまう。
　だけど、そらす前に……。
「……先輩が俺のこと好きだって言ってくれたらいいのに」
　小さくて弱い声なのに、なんて言ったかはっきり聞こえて……そのまま甘いバニラの香りに包み込まれた。
「……なんで、抱きしめるの」
「抱きしめたくなったから。好きな人を抱きしめたいと思うのって自然なことだと思うけど」
「っ……」
　言葉では明るくするくせに、抱きしめる腕は不安なのか少し震えている。
　ここで抱きしめ返すことなんかできない。
「帆乃先輩はさ……やっぱ俺より三崎先輩がいい?」
「なんで……?」
「……この前見たから」
「な、何を……?」
「……保健室で2人がキスしてたところ」

保健室……キス。
　この単語で思い当たる出来事は体育祭の日……。
　依生くんから求められて、拒むことができなかった。
　振りほどいてしまえばよかったのに、甘いねだるような誘惑に勝てなくて。
　結局、その場の感情に流されて唇を重ねた。
　そんな出来事があったのに、依生くんとの距離は縮まるどころかさらに接することがないまま。
「忘れ物して戻ったら、帆乃先輩と三崎先輩がいたから」
「っ……」
「声かけようかと思ったけど無理だった。帆乃先輩の三崎先輩に見せる顔が、俺には見せてくれたことがないくらい……魅力的で声かけられなかった。……痛いほど三崎先輩のことが好きだって伝わってきたから」
　わたしはそんなわかりやすい顔をして、依生くんを見ているんだ……。
「あんな顔できるんだね……。欲しくて、手に入れたくてたまらないって顔してた。俺にはそんな顔見せてくれたことないのに」
　表情に出てしまうくらい、わたしはどこまでも貪欲になったんだ。
　依生くんのことになると、自分が知りたくない、黒くて醜い感情が出てきてしまうから。
「……俺は三崎先輩より帆乃先輩を好きだって言える自信あったよ。けど、俺の一方的な想いだけじゃ成り立たない

んだって思い知らされたみたいだった。そんな当たり前なことすらわかんない俺って、やっぱガキなんだよね」
　またこうやって、違う一面を見せてくる。
　いつも自信ありげなのに、今は弱そうに見える。
　……少なくとも、そうさせてしまっているのはわたしが原因。
「それに、俺が想像してた以上に、他のヤツらが入る隙がないくらい、2人はお互いを求め合ってるから」
「それは……違うよ。だって葉月くんも言ったじゃん……。簡単に崩れて、結局その程度の関係だったって」
　自分で口にして傷ついた。
　傷口に塩を塗ったみたいに、自分の言葉が胸にしみてすごく痛い。
　葉月くんはわたしの言葉に反応して、抱きしめていた身体を少し離して、顔をしっかり見てきた。
「……ほら。三崎先輩のことになると、そんな切なげな表情になる」
　大きな手が、そっとわたしの頬に触れる。
「こんなに、帆乃先輩の感情をかき乱せるのは、三崎先輩だけなんだね」
　平気な顔をして、無理して笑いかけてくる。
　わたしが胸を痛める資格はないけれど、そんな無理して作られた表情を見せられたら何も言えない。
「……あんなに冷たくされて突き放されても、それでも三崎先輩がいい？」

どんなに冷たくされたって、叶わなくたって、消えない強い想い。
　何度も何度も、もどかしい思いをして、幼なじみから進展を求めても変わらずで。
　依生くんじゃなくても、周りに目を向けてみれば男の子はたくさんいる。
　なのに、他に目は向かないし、どうしても胸の中にある気持ちは消えない。
　葉月くんからの問いかけに首を縦にも横にも振ることができずにいる。
「何も言わないってことは、やっぱ好きなんだね、三崎先輩のこと」
　否定できずに言葉に詰まっていると、観覧車は一周を終えていた。
　外から係の人が扉を開けてくれて、そのまま会話もなく出口へと向かった。

　気まずい空気が流れるまま、出口のゲートに着いたとき。
　ポツッと冷たい雫が空から降ってきた。
　見上げてみれば、少し前まで異常のなかった空模様が崩れ始めていた。
　そして次第に雨粒の量は増えていき……。
「うわー、一気に降ってきたね」
　本格的にひどい雨が降り出してきた。
　急いでゲートをくぐり抜け、外に出たはいいけど、ここ

から駅まで走っても15分くらいはかかる。
　傘を買おうにも、近くにコンビニは見当たらない。
　こうしている間にも、身体はどんどん濡れていくばかり。
　すると、葉月くんがいきなり自分が着ていたパーカーを脱ぎ出して、わたしの頭の上に被せてきた。
「これ上から被ってればマシじゃない？」
「それじゃ葉月くんが濡れちゃうよ」
「いいよ、どうせもう濡れてるし」
　雨に濡れた前髪を手でかきあげた葉月くんは、いつもより艶っぽく、大人っぽく見えた。
「このままだとずぶ濡れになるの間違いないからさ」
　突然腕をつかまれる。
「……ここから俺の家近いから、そこで雨宿りしよっか」
　雨音にかき消されることなく、はっきり聞こえてきた危ない提案。
　ここで断らなくては、またしても前のようなことになりかねない。
　だけど、今この状況でわたしがとる選択はほぼ一択しかない。
　葉月くんの家……。
　休みの日だから、きっと家族の人もいるだろうし、何もそこまで警戒しなくてもいいんじゃないかって。
　それに、もう何も気にすることはない。
　万が一、葉月くんと何かあったって、依生くんにはもう関係ないこと……。

きっと、気にも留めないはずだから。
　こういう軽はずみな決断がよくないんだって後悔することが多いけど、今はどうでもよくなってしまった。
「いい？　俺の家に連れていって」
　その問いかけに、ゆっくり首を縦に振った。

「ん、どーぞ。何もない家だけど」
　連れてこられたのは、とあるマンションの一室。
　部屋に通してもらうと、家族の人がいる気配はない。
　……というか、部屋はそんなに広くなくて、家族で住むような広さじゃないような気がする。
　それに、生活感があまりないような。
　テーブルと、そのそばに1人が寝られるくらいのサイズのベッド。
　それと、結構場所をとっているクローゼット。
　すぐそばに狭いキッチン。
　あと他に部屋はなさそう。
　どう見てもこれは……。
「俺、今一人暮らしだから、家族とかいないよ」
　完全に油断していた。
　家族がいるだろうって。
　まさか一人暮らしとは……。
　つまり、今この空間は2人っきり。
「父親が単身赴任で、母親がそっちについていってんの」
　偶然にも、わたしの家族とまったく同じ状況。

「そ、そうなんだ……。わたしのお父さんも単身赴任で家にいないの。お母さんはいるんだけど」
「兄弟とかいないの？」
「う、うん。一人っ子」
「へー、んじゃ俺と一緒だ」
　クローゼットの引き出しから大きめのタオルを出して、それを渡してくれた。
「とりあえずタオルで拭いて。びしょ濡れだから着替えたほうがいいし、風邪ひいたら大変だから、シャワーでも浴びてきなよ。着替えは俺のしかないけど、なんかテキトーに用意しとくから」
　シャワーとか着替えとか……。
　明らかに何か起こりそうなこのシチュエーションに緊張して、不安になって、なかなか行動に踏み込めない。
「そんな警戒しないで。何もしないって約束するから」
　ビクッと身体を震わせて、葉月くんを見つめる。
「まあ、信用ないのも仕方ないか……。けど今だけは信じてほしい。そのままでいたら確実に風邪ひくから」
　困った顔をして、頭をかいている様子からとても嘘をついているようには見えない。
「もし怖くなったらすぐ逃げ出してくれていいから。ぜったい何もしないってここで約束しとくけど」
「わ、わかった……」
　これじゃ、埒が明かないと思い、葉月くんの言葉を信じることにした。

それに、ずっと濡れたままでいるより、早く温かいシャワーを浴びて着替えたいし。
「じゃあ、案内するからこっち来て」
「う、うん」

　こうしてシャワーを借りて、濡れてしまった服は乾燥機にかけてもらった。
　シャワーを浴びている最中、ふとあることが頭の中をよぎった。
　しまった……。せめてスマホくらい持ってきておけばよかったと。
　いくら警戒心が薄れたとはいえ、完全に信用しきっているわけじゃないから。
　とはいえ、心配していたけど特に何も起こることはなくシャワーをすませた……。

「あ……えっと、シャワーと着替えありがとう」
　部屋に戻ると、葉月くんはさっきまでの濡れた服から着替えてベッドに寝転んでいて、わたしの姿を見ると起き上がった。
「どーいたしまして。着替えやっぱりサイズ大きいね」
「う、うん」
　とりあえずどこかに座らせてもらおうと思って、ベッドから少し離れた床に座った。
「やっぱまだ警戒してる？」

「そ、そりゃ……、前のことがあるから」
「今は三崎先輩に内緒じゃないのに？　バレても問題ないじゃん。カンケーないって言われたんだから」
　いちいち的確なことを言ってくるから、返す言葉が何もない。
「まあ……カンケーないとか言いつつ、帆乃先輩のこと気になって仕方ないんだろうけど」
「え……？」
　今のってどういうこと？
「あ、今のは聞かなかったことにして。まだ時間かかるだろうから、もう少しゆっくりしててもいいかもね」
　さっきから葉月くんの言ってることがよくわからない。
「これで来なかったら知らないけど」
「……？」
「はい、ドライヤーの準備できたからこっちおいでよ。俺が乾かしてあげるから」
　ベッドに座ったままドライヤーを手に持って、手招きをしている。
「い、いいよ。自分で乾かすから。ドライヤーこっちに貸して」
「ダメ。じゃあドライヤー貸してあげないよ？　髪が濡れたままだと風邪ひくけど、いいの？」
「うぬ……」
　警戒しながら、ちょこちょこと葉月くんに近づいて、ストンッとそばの床に座った。

「ん、いい子じゃん。じゃあ、乾かすね」
　ドライヤーのスイッチが入って、気持ちいい風が髪にあたる。
　ブラシもうまく使って、器用に乾かしてくれる。
「帆乃先輩はさー」
　ドライヤーの音に負けないくらいに、大きな声で名前を呼ばれたので、首を少し後ろに傾ける。
「今も三崎先輩のこと好き？」
「な、なんで……？」
　たぶん今のわたしの声は聞こえなかったと思ったけど、耳がいいのか葉月くんに届いていたみたい。
「いちおう先輩の気持ち、もっかい聞いておこうと思って」
　どうしてそんなこと聞くんだろう……なんて、少し引っかかったけど、答える。
「……好き、だよ。冷たく突き放されても、嫌いになれない……くらい」
　その瞬間、カチッとドライヤーのスイッチが切れた音がして、シーンと静まり返った。
　まだしっとり濡れた髪。
　完全に乾いていないのに、どうしてスイッチを切ったんだろう。
　すると、後ろから優しく包み込むように抱きしめられた。
「……やっぱ俺には勝ち目ないのかあ」
　抵抗しようとしたけれど、弱そうに吐き捨てられた言葉のせいで振りほどくことができない。

「ご、ごめんなさい」
「なんで謝るの？」
「だって……葉月くんの気持ちに応えることができなかったから」
「こんなサイテーな俺に謝るなんて、先輩はほんとお人好しだね。しかも、前のことがあったんだから俺に気許して、家についてきちゃダメじゃん」
「そ、それは雨がひどかったから仕方なく……だもん。それに、葉月くん何もしないって約束してくれたから」
「……ほんと純粋だね、先輩は。こんなところ、また三崎先輩に見られたら次こそ幻滅されるのに」
「もう……依生くんはわたしのことなんて、なんとも思ってないし。今まで幼なじみだから……そばにいてくれただけ。きっとそれ以上の感情なんてないもん……っ」

　自分で言ってるくせに、勝手に傷ついて涙が出てくるなんて。

「……たぶん、そんなことないよ。焦ってたから」
「焦ってた……？」

　さっきからところどころ、よくわからないことばかり言ってくるから、いまいち会話が繋がらない。

「きっと今、必死になってんじゃないかなー」
「……？」
「幼なじみこじらせると厄介なんだね」
「えっと……」

　すると、いきなり玄関の扉が勢いよくドンッと開いた。

驚きながら、扉に視線を向けて目を丸くした。
──デジャヴ……。
あまりの衝撃に頭の中に浮かんだ単語。
まさに、この状況にふさわしいと言ってもいいくらい。
「へー、意外と早かったんですね。あんまり遅かったら帆乃先輩のこと襲っちゃおうかと思ってたのに」
またしても、まんまと企みにハマったのかと思った。
どうして……依生くんがここにいるの？
目の前にいる依生くんは、息を切らしているし、雨のせいで全身ずぶ濡れの状態。
「帆乃先輩、安心してよ。前とは違うから。って言っても、完全に状況が前と一緒すぎるんだけどさー」
「な、なんで……依生くんがここに……」
「俺が呼んだんだよ。先輩がシャワー浴びてる間にスマホちょこっと借りて三崎先輩に電話した」
付け加えて、「スマホのロックくらいちゃんとしておかないとダメだよ、帆乃先輩？」なんて、悪気がなさそうに言ってくる。
「……なんで、そんなこと」
「んー、２人に正直になってもらおうと思って」
予想外な答えが返ってきて、声が出なかった。
「前みたいに挑発したりするつもりないから。ただ、２人にきちんと向き合ってもらおうと思っただけ」
「な、何それ……。い、意味わかんない……。依生くんはわたしのことなんてもう……」

「そう思ってるのは帆乃先輩だけなんじゃない？ 俺がなんて言って、ここに三崎先輩を呼びつけたと思う？」
「し、知らない……」
「もし来なかったら、帆乃先輩のこと俺のものにするって。嫌がっても泣いても、無理やり抱くってね」
「なっ……」
　ハハッと軽く笑って冗談っぽく言っているけれど、葉月くんが言うと冗談に聞こえない。
「もし返してほしかったら俺の家まで来てくださいって。来なかったら容赦しないんでって住所教えたら、予想より早く来たからびっくりしたよ。いつもの余裕そうな涼しい顔どこ行ったってくらい必死じゃん」
　じゃあ……依生くんがここに来たのは、わたしのためってこと……？
　どうしてそんな……。
　依生くんは、さっきから険しい表情を続けている。
　葉月くんをきつく睨んだまま中に入ってきた。
「……帆乃に何もしてないだろうね」
「うわー、おっかない顔。残念ながら、帆乃先輩の気持ちを無視してまで無理やりできるほど俺は卑劣な男じゃないんでね」
「……あっそ」
　すると葉月くんのほうを見ていた依生くんの目線が、わたしのほうへと向いた。
　そして、わたしの姿を見るなり、すぐさま眉間にしわを

寄せて葉月くんを見た。
「……ほんとに何もしてないの？　帆乃泣いてんだけど」
「いやいや、それは三崎先輩のせいですけど」
　ハッとして、もう乾きかけている涙の跡を指で拭った。
「……は？　何それどういうこと？」
「それは帆乃先輩の口から直接聞いたらどうです？　いい加減お互い素直に気持ち伝え合えばいいのに」
　素直になることは、簡単なようで全然簡単じゃない——。

依生くんの気持ち。

　あれから依生くんは何も言わず、葉月くんの部屋からわたしを連れ出した。
　外に出てみれば、さっきまでひどかった雨は止んでいて、曇り空になっていた。
　そして今は、依生くんの部屋に連れてこられた。
　扉がバタンッと閉まり、何も言わず後ろから依生くんに抱きしめられる。
「あ……あの、依生く――」
「……なんで泣いてたの」
「え……」
「葉月クンに何かされたんじゃなくて、僕のせいなんでしょ？」
「っ……」
「……なんでか言ってよ」
　もうわかんないことだらけ。
　とことんわたしの心をかき乱してくるから。
　気があるわけでもなくて、ただの幼なじみだって思っているくせに。
　それなのに、平気でわたしに触れたりキスしてきたりするから振り回されてばかり。
「依生くんは……わたしのこと幼なじみとしか見てないんでしょ……？」

頭の中でいろんなことがグルグル回り出して、感情のコントロールがきかなくなってきた。
「わたしのこと好きじゃないくせに……なんで触れてこようとするの……？　今だって、こうして抱きしめられてるだけで、わたしがどれだけドキドキしてるか、わかってないくせに……っ」
　悔しいくらい、好きで好きで。
　他の男の子なんか目に入らないくらい。
「どんどん欲張りになっていく自分が嫌なの……っ。依生くんがわたしだけのものになってくれたら、って思うばかりで。でも、依生くんはわたしのことなんて、これっぽっちも好きじゃなくて……っ」
　こんなに感情的になることなんか滅多にない。
　今までずっと言えなかったことが、ポロポロと出てくる。
　すると、わたしの肩に依生くんの手が軽く触れ、そのまま身体ごと回されて正面に向き合う形になった。
「……1つだけ教えて」
　依生くんが小さな声でささやいて、顔を隠すように、わたしの肩に頭をコツンとのせて――。
「帆乃は……誰が好きなの……」
　予想外のストレートな質問に驚いたけれど、ここまできたら何も隠すことなんてない。
「今も昔も変わらず、ずっと……依生くんが好き……だよ」
　一度だけ好きだと伝えたあの日以来、ずっと胸の奥にしまっていた気持ち。

これだけは変わったことない。
　でも、振られてしまってから、今の関係が壊れてしまうのを恐れて、臆病になって、それ以上の関係に踏み込めなかった。
　だけど、それは逃げるための言い訳。
「わたしは……依生くんのこと幼なじみなんて思ってないよ……っ。ずっと、1人の男の子として好きなの……」
　いい加減そんな臆病さから抜け出して、もう一度振られる覚悟で想いを伝えた。
「わたしのこと好きになってほしいなんて、そんなわがまま言わないから……っ。ちゃんと幼なじみをやるから……。だから、わたしのそばから離れないで……っ」
　依生くんをとり戻すために嘘をつく。
　こんなの口だけ。
　本当はわたしのこと好きになって、わたしだけを見てくれたらいいのにって……。
　抱きしめるのも、触れるのも、キスも——。
　ぜんぶ、わたしだけがいいのに……。
　こんな欲張りな自分は知らない、知りたくなかった。
　依生くんはずっとわたしの肩に頭をのせて、顔を伏せたまま。
　かと思えば、ゆっくり顔を上げて、わたしの瞳をしっかり見る。
「……そんなこと言われたら、離せなくなる」
　どうして……そんな苦しそうな顔をして言うの……？

やっぱりこんなこと言ったら迷惑だった……？
　また、前みたいな結末で終わる予感がする。
　だって、前と同じように『ごめん』って言いそうな顔をしているから……。
「……ごめん」
　あぁ……やっぱり何年経っても、この恋が叶うことはなかった。
　いちばん聞きたくなかった。
　結末は見えていたはずなのに、いざ目の当たりにしてみれば想像していたよりかなりのダメージがある。
　瞳が涙でいっぱいになって、目尻からスッと流れ落ちる。
　泣き顔なんか見せたくないと思うのに、それに反して涙が止まる気配はない。
「……泣かないで」
　そんな無茶なこと言わないで……。
　そんな優しい手つきで涙を拭わないで……。
「無理……だよ……っ。だって今わたし依生くんに振られたんだよ……？　ここで笑顔になれるほど、わたしは大人じゃない……っ」
　泣きながら、強く言い放ったと同時。
「──僕だって、大人じゃない」
　優しく唇を塞がれた。
　一瞬、触れただけ。
　伝わってくる熱と、やわらかさ。
　前みたいな強引なキスじゃなくて、軽く触れて、すぐに

離れた。
「なんで……キスなんかするの……っ。こんなことされたら嫌いになれないよ……」

　依生くんは言葉と行動が矛盾してる。

　口では『ごめん』と言っておきながら、こんな優しいキスを落とすなんて……。
「……嫌いにならないでよ。帆乃に嫌われたら僕生きていけないよ」
「ま、またそんな誤解させるようなこと言わないで……。それは幼なじみとしてでしょ……っ」
「……違う。僕は帆乃のこと、ただの幼なじみとしてなんて見てない」
「い、意味わかんないよ……」

　矛盾もいい加減にして……。
　わたしの気持ちを弄んでいるの？

　耐えきれなくなって、その場を逃げ出そうとすれば、簡単に依生くんの温もりに包まれる。
「……怖いから」

　静かな空間に放たれた依生くんの声は弱々しく……身体を抱きしめる力は反対に強く……。
「自分の欲望だけで……帆乃を壊しちゃうのが」

　語尾のほうは消えてしまいそうな声。
「前に……一度帆乃が僕のこと好きだって言ってくれたときに……。素直にその気持ちがすごく嬉しかった。帆乃も僕と同じ気持ちでいてくれたんだって」

昔の記憶を少しずつたどっていくように、話す依生くん。
「小さい頃からずっと大切で、愛おしくて。帆乃のぜんぶが僕のものになったらいいのにって、いつも思ってた」
「それなら……どうして『ごめん』なんて……」
「告白されて幼なじみを超えたと思った途端、自分の抑えがきかなくなったから。ずっと手に入れたいと思ってた帆乃が、僕を好きだって言ってくれる姿を見て、自分でも感じたことない余裕のなさに襲われてた……」
　さらに依生くんは話し続ける。
「帆乃が幼なじみじゃなくなったら自分の欲望のままに求めそうで、壊すと思った……。あと、周りにいるヤツらに、あんましつこくすると重いし、嫌われるみたいなこと言われたりして、それを真に受けたから」
　じゃあ……あのときの出来事は振られたわけじゃなかったってこと……？
　『ごめん』って言って、1人にしてほしいと距離をとったのはそれが理由……？
「けど、そんなのただの言い訳にしかなってなかった。実際、自分から幼なじみの線を引いたくせに、帆乃に対する独占欲は明らかに幼なじみを超えてたし」
「……」
「……矛盾ばっかでごめん。好きなら手放さなきゃいいだけなのに」
　初めて依生くんの弱いところを見た。
　こんなに自信なさげに話す姿は、今まで見たことがない。

「……帆乃が僕以外の男のものになるなんて耐えられない」
「ならないよ……わたしは依生くんだけだもん……っ」
　ずっとすれ違っていた気持ちが、お互い打ち明けたことで少しずつ近づいたような気がする。
　素直な気持ちを言えなくて、こじれてしまったものがうまくほどけたような……。
　たくさん遠回りしたけれど、気持ちが通じ合うことができて、そんなこともうどうでもよくなる。
「大切にするって言いたいところだけど……。抑えきかなくなったら覚悟してもらわないと」
「えっ……！」
「だって帆乃は僕のものになるわけだから。好き放題ってことじゃん。今まではこれでも抑えてたんだよ」
「い、いや……そ、それは……」
「……安心してよ。とびきり可愛がってあげるから」
　ずるい……。
　甘いささやきにゾクッとして、胸がキュッと縮まる。
　こんな甘いことばかり言われたら、この先心臓がいくつあっても足りない気がする。
「や、優しく可愛がってください……っ」
「っ、それは反則……」
　身体を少し離して潤(うる)んだ瞳で見つめると、依生くんは少し照れながら、困った顔をしていた。
　かと思えば「……ほんと可愛すぎて無理」とボソッとつぶやいて、やわらかく笑いながら……。

「――好きだよ、帆乃……」
　甘いキスが落ちてきた……。

「あ、あの依生くん？　服着替えなくて大丈夫……？」
　気持ちを伝え合ってから少しの間、依生くんは何も言わずにずっとわたしを抱きしめたまま。
　だけど、さっき葉月くんの家に来るまでに降っていた雨のせいで服がまだ濡れている。
　このまま放置しておくと風邪をひいちゃうから、今さらながら着替えることを提案すると。
「あー、別に大丈夫。それより今は帆乃に触れたいから」
「で、でも……依生くんが風邪ひいたら会えなくなる……から」
「……僕に会えなくなるの嫌なの？」
「や、やだよ……」
「……可愛すぎて死にそう」
　口元がゆるみっぱなしの依生くん。
「僕も帆乃に会えなくなるの嫌だから着替えるよ」
「う、うん」
「あー、でも。風邪ひいて帆乃に看病してもらうのありかも。この前の体育祭のときみたいに口移しで……」
「わー!!　そ、それは忘れて……!!」
　急にそんな恥ずかしい過去のことを言わないでよ……！
「あのときの帆乃、積極的で大胆ですごく色っぽかったよ」
「っ、うっ……早く忘れてよぉ……！」

思い出しただけで顔から火が出そう。
「やだよ、忘れない。もっかい調子悪くなりたい」
「それはダメ……！　心配しちゃうよ」
　本気で言ってるとは思わないけど、冗談でもそんな縁起の悪いこと言わないでほしい。
「帆乃に心配してもらえるならいくらでも倒れたい」
「た、倒れたいって……ダメって言ってるのに！」
　わたしがこんな必死になっているのに、依生くんはその様子をからかってばかり。
「だって帆乃にかまってほしいもん」
「倒れなくてもかまうもん……」
「へー、じゃあ着替え終わったらかまってくれる？」
「う、うん」
　ここで軽く返事をするんじゃなかったって後悔するとは、このときのわたしは知るわけない。
「んじゃ着替える」
「ちょ、ちょっと待って！　わたし部屋出るから……！」
　依生くんがすでに服の裾に手をかけて脱ごうとしているので、全力で制止の声をかける。
「着替えてって言ったの、帆乃のくせに」
「やっ、だ、だって……」
　ここにいたら依生くんの裸が見えてしまうわけで……。
　そんなの恥ずかしくて見られるわけない……!!
　想像しただけで顔がカァッと赤くなっていく。
「あー、今いやらしいこと考えたでしょ？」

「へっ!?」
「裸見えちゃうとか想像した？」
「なっ……!!　べ、別にしてない……!!」
　今のリアクションで完全に肯定したも同然。
「へー。じゃあ、してないなら見ても平気じゃない？」
「ちょっ、ちょっと……!!」
　おかまいなしで、目の前で服を脱ぎ捨てた依生くん。
　目のやり場に困るので、とっさに自分の手で顔を隠した。
「う……っ、早く服着て……！」
「寒いから帆乃が温めてよ」
「ひぇ……っ!?」
　ガバッと抱きつかれて、動揺どころの話じゃない……！
　ただでさえ抱きしめられたらドキドキするのに、この状況はさらにまずい……!!
　心臓が壊れちゃうんじゃないかってくらい、バクバク音を立てている。
　ドキドキして死んじゃうって、まさにこのことかもしれない。
「なんで帆乃のほうが恥ずかしがるの？　恥ずかしいのは僕のほうじゃない？」
「うっ……だ、だって見慣れてないし……！」
　余裕がなさすぎてあたふたしてばかり。
「ほんと反応がいちいち可愛すぎる。だからイジワルしたくなる」
「も、もう心臓がもたないよ……っ」

「……ふっ、わかったわかった。じゃあ、今日はこのへんにしといてあげる」
　ようやく解放されて、服を着てくれた。
　依生くんが着替えている間はそっちに背中を向けて、部屋の隅っこに逃げていた。
「ん、着替え終わったよ」
　その声にホッとして振り向こうとしたら、すでに後ろに気配があって。
「今度は帆乃の番ね」
「……へ？」
　意味がわからず間抜けな声を出している間にも、背後から依生くんの手がわたしの服の裾を捲り上げている。
「な、なんでわたしまで!?」
　ストップをかけるために手を押さえつけるけど、力でかないそうになくて焦る。
「帆乃ってバカなの？」
　え、なぜ服を脱がされそうになって、拒否したらバカって言われなきゃいけないの……!?
「今着てるやつ、誰のかわかってんの？」
「え、これわたしの服……」
　……じゃない。
　そうだ、雨に濡れて葉月くんの家でシャワーを浴びて、着替えを借りたんだった。
　つまり、これはわたしのじゃない。
「他の男のもの身につけてるのムカつく。だから今すぐこ

こで脱いで」
「い、今ここで……!?　それは無理だからいったん自分の家に帰って——」
「そんなの待てない、嫉妬で気が狂いそうだから」
　抵抗虚しく……。
「はい、ばんざーい」
　まるで子どもの着替えを手伝うみたいに、あっけなくスポッと脱がされてしまった。
　こ、こんな姿見られるなんて耐えられない……っ!
「は、早く着替えください……っ」
　恥ずかしさのあまり、なぜか敬語になってしまうし、後ろにいる依生くんのほうを向くこともできない。
「……ピンク可愛いね」
「っ!?」
　おかしいおかしい、依生くんが暴走してる……!
「ねー、もっと見せて」
「む、無理無理……!!」
「なんで?」
「は、恥ずかしいからに決まってる……!」
　そんな当たり前なこと聞かないで……!!
「減るものじゃないのに?」
「そ、そういう問題じゃないの……っ!」
　隙をついて、ベッドのほうへと逃げ込んで、すぐに布団にくるまった。
「あー、隠しちゃった」

「は、早く着替えちょうだいよぉ……」
　必死に訴えると、依生くんはフッと笑う。
「仕方ないなあ。これ以上いじめたら帆乃に嫌われちゃいそうだから、ここまでにしようか」
　そう言うと、クローゼットから服をとり出して渡してくれた。
「……まあ、それと僕の理性が死にかけてるし」
「……？」
　渡されたのは、わたしにはだいぶ大きいサイズの服。
　着た瞬間、依生くんの香りに包まれて、それだけでドキッとする。
　好きな人の服を着ると、まるで抱きしめられているみたいな感覚になって、ずっとこのままでいたいな……なんて思っちゃう。
「なんでニヤニヤしてるの？」
「え、わたしニヤニヤしてた？」
「うん、嬉しそうな顔してる」
「だ、だって……依生くんの服着たら抱きしめられてるみたいで、ドキドキしちゃって」
　好きな人の匂いって自然と好きになるし、安心するから。
　依生くんの香りの抱き枕あったらいいのになぁ……なんて、こんなことを思うわたしって相当依生くんが大好きみたい。
「そんな服じゃなくても、帆乃が抱きしめてっておねだりしてくれたら、いくらでも抱きしめるのに」

「ほ、ほんとに？」
「うん。まあ、僕が抱きしめたいだけなんだけど」
　そう言いながら、あっという間に依生くんの腕の中。
　やっぱり服なんかより、本物の依生くんに抱きしめられてるほうが、圧倒的にいいと思うわたしって単純。
「けど抱きしめるだけじゃ足りないから」
「……んっ」
「……キスくらい許して？」
　甘い甘い香りが鼻をくすぐる。
　唇に落ちてくるキスは思ったよりずっと甘い。
「はぁ……帆乃の唇って甘い……」
「ふぇ……っ？」
　頭がボーッとして何も考えられないし、依生くんのすべてに包み込まれているみたいで心地がよすぎて、すべてをあずけたくなる。
「中毒性……あるよね」
「……？」
「何度もしたくなる……」
「うっ……も、もうダメ……ん」
　依生くんのキスには翻弄されてばかりだ。

Chapter 5

彼女になるとは。

「帆乃、起きて」
　依生くんの彼女になってから数日がすぎた月曜日。
　いつもの朝が戻ってきた。
　眠くて仕方ないのに、依生くんの声を聞けば自然と意識が戻ってくる。
　だけど、やっぱりまだ眠い。
「ほーの」
　なかなか起きようとしないわたしの頬を、指先でツンツンつついてくる依生くん。
「ん……、まだ眠いよ」
　もう少しだけ寝かせてほしくて、わがままを言ってみる。
「じゃあ、帆乃が起きるまで好き勝手触っちゃうけどいいの？」
「……？」
「こんな可愛い寝顔見てたら我慢できなくなる」
　ギシッとベッドが軋む音がしたとほぼ同時。
　頬に軽くキスをされて、びっくりした反動で目を開けると、ベッドに片手をついて、身体を乗り出して触れてくる依生くんの顔がアップで見えた。
　頬の次は、おでこに首筋。
　いろんなところに依生くんの唇が触れる。
「く、くすぐったいよ……っ」

「起きない帆乃が悪いんだよ」
「うっ……起きます」
　朝から刺激(しげき)が強すぎるよ。
　身体を起こして、ベッドからおりようとしたら。
「おはよ」
「お、おは――」
"おはよう"って返したかったのにできなかった。
　代わりに、チュッとリップ音が鳴ったから。
　軽く唇に触れただけなのに、不意打ちだったせいもあるのか、ドキドキが止まらない。
「……真っ赤。キスしただけなのに」
「ドキドキしすぎて心臓がおかしくなりそうだよ……っ」
「僕は帆乃が可愛すぎておかしくなりそう」
　そんなこんなで、朝から依生くんのペースにハマってしまい、いつもより少し遅めの時間に家を出た。

　学校に向かっている途中にて。
　突然、手をギュッと握られた。
「ひぇっ!?」
「どーかした？」
「えっ、あっ、手……」
「繋ぐの嫌？」
「い、嫌じゃないけど……」
「けど？」
　手なんか繋いで学校に行ったら一気に噂になっちゃいそ

うだし……。
　極力目立つのは避けたいっていうか……。
「い、依生くんモテるから……。わたしなんかと手繋いでたら、いろいろ言われちゃうんじゃないかなって……」
「そんなこと気にしないのに。もし言われたとしても、ほっとけばいいし」
「で、でも……」
「彼女と手繋ぐのがダメなことなの？」
「うっ……」
　いまだに彼女って響(ひび)きが慣れないし、そんなねだるような瞳で訴えられたら断れそうにない。
「じゃあ、駅までにしとく？」
「い、いいの？」
「よくよく考えたら、変に目立つと帆乃を見る男も増えるわけだし。それは嫌だから」
　とりあえず、学校の駅の最寄りまではずっと繋いだままで、門に入る頃には、以前と変わらず隣で並び歩くだけになった。
　さっきまで繋がれていた温もりが少し恋しく感じる。
　……って、自分から拒否しておいて、そんなこと思うのってすごくわがままだ。

　教室に着いて、いつもどおり自分の席に着くと。
「ほーのちゃん、おはよっ！」
「あっ、明日香ちゃん、おはよう」

挨拶を返すと、明日香ちゃんの隣に座っていた花野井くんも「おはよ」と声をかけてくれた。
　すると、明日香ちゃんはわたしと依生くんが久しぶりに一緒に登校してきたのを見て、耳元でそっと聞いてきた。
「三崎くんと仲直りできたのかな？」
　そういえばケンカしたって言って、そのままだった。
「あ、仲直りっていうか……」
　せっかくなので、今ここで無事に付き合うことになったのを報告しようとしたら。
「いつまで僕の帆乃にくっついてんの。早く返して」
「むー、出たな三崎くん！　ちょっと話したらこれだもん！　三崎くんって帆乃ちゃんのなんなのさ！」
「彼氏だけど」
　あっ、さらっと言っちゃった。
　明日香ちゃんはポカーンと口を開けたまま。
「え、それは三崎くんの妄想とかじゃなくて？」
「違うし、なに言ってんの。帆乃の彼氏は僕だし」
　みるみるうちに、明日香ちゃんの大きな瞳がどんどん開いていく。
「え、えぇ!?　う、嘘、ほんとに!?」
「ほんと。だから気安く触んないでよ」
「えっ、帆乃ちゃん、ほんとなの!?」
　依生くんの言葉だけでは信じられないのか、矛先がわたしのほうに向いた。
「う、うん。じつは、いろいろあって付き合うことになり

まして……」
「うぇぇぇ!? い、いつから!? いろいろってところがすごく気になるけどおめでとう……! ってか、涼ちゃん知ってた!?」
「いや、初耳」
　花野井くんも驚いてはいるみたいだけど、結構冷静に聞いている。
「涼ちゃん落ち着きすぎじゃない!? ついに２人がくっついたのに！」
「明日香が興奮しすぎなんだって。ってか、そんな騒がないほうがいいんじゃない？ 周りに聞こえそうだし」
「あっ、そっか。ごめんね、つい嬉しくて……」
「う、ううん、大丈夫だよ」
　さいわい、わたしたちの席の周りに人はいないし、教室内はいつもと同じようにざわついている。
　ホームルームが始まるまで少し時間があるので、授業の準備をしていると、明日香ちゃんがくるりとこちらを振り返った。
「帆乃ちゃん、本当におめでとうだね……! 自分のことみたいに嬉しいよ〜！」
「あ、ありがとう……っ」
「またいろいろ話聞かせてね？ 今度ダブルデートとかしてみたいなぁ〜」
「うん、そうだね！ 明日香ちゃんの話もまた聞かせてね？」

こうしてホームルームが始まり、午前の授業はあっという間に終わった。

　そして迎えたお昼休み。
　今週は保健委員の当番なので、お昼は保健室で食べることにしたんだけれど。
　珍しく依生くんが一緒に食べようと誘ってくれたので、2人で保健室へ。
　ちなみに古川先生は職員室に用があるみたいで、保健室にはわたしと依生くんしかいない。
「よし、いただきます」
　保健室の奥にある机とイスを借りて、ようやくお昼ごはんを食べられる。
　机の上にお弁当を広げた。
　依生くんは購買(こうばい)でパンを買ってきたみたい。
　お弁当をパクパク口に運んでいると、隣からすごく視線を感じる。
「い、依生くん？」
「何？」
　頬杖をついて、身体ごとわたしのほうを向いてジーッと見ているだけで、お昼に手をつけようとしない。
「えっと、なんかすごい見られてるような気がして」
「うん、見てる。可愛いから。いくらでも見てられる」
「ごはん食べないの？」
「帆乃のこと見てるからいらない」

自然と胸がキュンとすることばっかり言ってくるから心臓に悪い。
「えぇ……それじゃお腹すくよ？　それに、せっかく購買でパン買ってきたのに」
「可愛い帆乃を見てれば、お腹いっぱいになるからそれでいい」
「で、でも……。あっ！　じゃあ、わたしのお弁当少しあげるから食べる？」
　若干、不満そうな顔をされたけど、何か思いついたのか表情が変わった。
「うん、食べるから、あーんして」
「えっ！」
「帆乃が食べさせてくれたら食べる」
　口を開けて待っている依生くんが、とてもとても可愛い。
　って、そんなこと思ってる場合じゃない！
「じ、自分で食べて……！」
「無理だよ。箸とか持ってないし。どうやって食べるの？」
　た、たしかにそうだけども……！
「早く食べさせてくれないと帆乃のこと食べちゃうよ」
「わ、わかったよ！　何が食べたいですか……！」
「んー、帆乃かな」
「えっ!?　わたしごはんじゃないよ!?」
「ふっ、ジョーダンなのに。あ、それとも食べてほしかった？」
「なっ、ち、ちが……っ」

あたふたしてばかりのわたしの反応を、楽しんでばかりの依生くん。
「帆乃の反応がいちいち可愛いから、理性がいつも死にかけてる……」
「わ、わたしだって依生くんに可愛いって言われるたびにドキドキしちゃうもん……」
「……ほら、そういうところが可愛いんだって。可愛いって言葉は帆乃のためにあるようにしか思えない」
依生くんってば、本当に大げさだよ。
「えぇ、そんなことないよ。わたしより可愛い子なんてたくさんいるもん」
「いるわけない。あー、今すぐ帆乃に触れたい」
手が伸びてきて、わたしの髪に触れて、指に毛先を絡めて遊んでいる。
「ま、待って！ 今お弁当食べてるから……！ い、依生くんもパン買ってきたんだから、ちゃんと食べよ？」
「食べ終わったらいいの？」
「っ、でもここ学校……」
「……ダメ？」
ほら、ずるいよ、そのねだり方。
ダメかと聞いておいて、ダメとは言わせないから。
「す、少しだけなら……いいよ」
本当はわたしも依生くんに触れたい……なんてことは口が裂けても言えない。

「ごちそうさまでした」
　ゆっくり食べていたら、休み時間が残りわずかになってしまった。
　ちなみに依生くんは、だいぶ前にパンを食べ終えた。
「あっ、えっと遅くなってごめんね」
「……ほんと待ちくたびれた。早く抱きしめさせて」
「じゃ、じゃあ……どうぞ……っ」
　控えめに両腕を広げてみると。
「……何それ。可愛すぎて離せなくなる」
　なんて言いながら、ギュウッと優しく抱きしめてくれる。
　ドキドキするけど、依生くんの温もりに包まれると心地いい。
「だ、誰か来たりしない……かな」
　ふと、このタイミングで保健室を利用する人が来たり、古川先生が戻ってきたらまずいんじゃないかってことが思い浮かぶ。
「……さあ。来てもいいじゃん、見せつけとけば」
「でも……」
「僕と２人でいるのに他に意識が向くなんて、ずいぶん余裕だね」
「へ……？」
「ちゃんと僕だけ見てればいいのに」
　身体が少し離されて、目が合ったのは一瞬。
　下からすくい上げるように、唇を塞がれた。
「んぅ……っ」

甘すぎるキスに溶けちゃいそうでついていけなくて、すぐに息が苦しくなる。
「……苦しい？」
「ん……」
　唇を少し離してくれたおかげで、酸素をとり込むことができた。
　だけど、一度しか息を吸えなくて。
「……はい、もう1回」
「んんっ……」
　今度は深く、いろんな角度からキスをしてくる。
　キスをしている間、依生くんの手はわたしの頬に触れたり、首筋に触れたり。
　またすぐに苦しくなって、離れるために身体を少し後ろに引こうとしたのに。
「ダーメ、逃げないの」
　腰のあたりに依生くんの腕が回って、グッと引き寄せてきて、離れることを許してくれない。
「も……う、苦しい……よ」
　唇を塞がれたまま、必死に言葉を繋いで訴える。
　すると、やっと止まってくれた。
「……こんなんじゃ足りないのに。もっと長いのしたい」
　物欲しそうな瞳で見つめてくるけど、これ以上は限界だよ……っ。
「も、もう無理だよ……っ！」
　しどろもどろになって、なんとか逃げようとしていたら。

——ピコッ……！
　とてもいいタイミングで、スカートのポケットに入っているスマホが音を鳴らした。
　すぐにスマホをとり出すと、画面に１件のメッセージの通知。
　送り主を見ずに、勢いで開いて既読をつけてしまった。
　送り主は誰かというと……。
「……葉月クンじゃん」
　依生くんがわたしのスマホを覗き込むように見てきたから、送り主が誰なのかバレてしまった。
　明らかに不機嫌そうな声色で、画面をジーッと見ている。
「なんて来たの？」
「あ……。この前貸した服返してほしいって。あと葉月くんの家に置いてきちゃったわたしの服も返したいって」
　じつはわたしも返さないといけないと思っていたから、今日借りていた服を持ってきていたので、連絡が来てちょうどよかった。
「放課後に葉月くんの教室に来てって言われたから、行ってくるね」
　すると、依生くんから盛大なため息が送られてきた。
「まさか１人で行くつもり？」
「う、うん」
「はぁ……ほんと危機感なさすぎ。心配だから僕もついていくよ」
「でも、時間とらせちゃうの悪いよ……」

ついてきてもらったら帰る時間遅れちゃう。
　それに放課後は保健委員の仕事もあるし。
「そんなとこで気使わないでよ。帆乃は僕の彼女でしょ？　もうただの幼なじみじゃないんだから、彼女を他の男と2人にするの不安なの。わかる？」
「わ、わかってるよ？」
「わかってないから言ってんの。大切な彼女を1人で野蛮な後輩のとこに行かすなんてできない」
　幼なじみのときからそうだけど、依生くんってすごく過保護なような気がする。

　こうして迎えた放課後。
　依生くんと一緒に葉月くんの教室へ。
「うわー、来ると思った。俺が呼んだの帆乃先輩だけなのに」
　すっかり誰もいなくなった教室で、葉月くんがぼやく。
「しかもその様子だとうまくいった感じだし。残念だったなあ。うまくいかなくなって、帆乃先輩が弱ってるところを狙おうと思ったのに」
　無理して嫌われるような言葉を並べなくていいのに。
「葉月くんはそんな悪い子じゃないって知ってるよ」
「えー、なんで？　2人の仲を引き裂こうとしたのに？」
「それはやめてほしかったけど……。でも素直に、真っ直ぐに気持ち伝えてくれたから。あと、わたしが言いたいこととか、ぜんぶ言い返してくれて、かばってくれたし」
「そうやって言うくせに、俺を選んでくれないんだね。ず

るいよ、帆乃先輩」
　……傷ついた表情。
　口ではきれいごとを並べているけど、結局わたしは自分の幸せをとった。
　これじゃただの偽善者みたいだ。
「……なーんてね。そんな暗そうな顔しないで。帆乃先輩にそんな顔されたら、俺が三崎先輩に恨まれるからさー」
　きっとこれは、わざと明るく見せてくれているんだ。
　わたしが自分を責めないように。
「それにさー、帆乃先輩はすごいよ。俺がどれだけ嫌味言っても、三崎先輩とは幼なじみのままだとか余計なこと言っても、諦めなかったじゃん。それだけ三崎先輩への気持ちが強いってことは、俺がどれだけ頑張ったところで勝ち目ないってことだし」
「っ……」
「もっとちゃんとした形で出会ってたら、変わってたかもしれない……なんてね。ひとめぼれなんて滅多にすることないからさ」
　何もかける言葉が見つからなくて、ずっと黙ったままの依生くんと一緒に黙り込んだままになってしまう。
　ひと言でも、気のきいたことが言えればいいのに。
「まあ、恋愛なんてうまくいかないことがほとんどだし。帆乃先輩より可愛い人を見つけられるように頑張らないとなあ」
「き、きっと……わたしなんかより素敵な子はたくさんい

る……から」
　こんなことわたしが言うのもあれだけれど。
　すると、ずっとわたしの隣にいた依生くんが不満そうな顔をしながら言った。
「帆乃より可愛い子なんて、いるわけないじゃん」
　ま、またそんなこと言って。
　依生くんの可愛いの基準ってどうなってるの。
「三崎先輩の溺愛っぷりは相変わらずですね。帆乃先輩、もし三崎先輩に愛想尽かしたら、いつでも俺のところ来ていいからね？」
　葉月くんが冗談っぽく笑って、依生くんを見ながら言う。
「……ほんと生意気すぎ。僕の帆乃に変なこと吹き込まないでよ」
「それは褒め言葉として受けとっておきますね。まあ、せいぜい帆乃先輩に嫌われないように頑張ってくださいよ。隙があったらいつでも俺が奪いに行くんで」
「渡すわけないし。こんな可愛くて仕方ないのに」
「あーあ、惚気はご勘弁なんで。それじゃ邪魔者はそろそろ退散しますか」
　そう言って、わたしの手に持っている紙袋と引き換えに、手元の紙袋を渡してきた。
「そうそう、この前三崎先輩を放課後わざと2人でいるところに呼びつけたとき、帆乃先輩とは何もなかったんで安心してください。勉強教えてもらってただけなんで」
　そして、そのまま教室を去ろうとする後ろ姿に思わず声

をかける。
「あ、あの葉月くん……！　こんなわたしのことを好きになってくれてありがとう……っ！」
　葉月くんはわたしの声にピタッと足を止めたけど、こちらを振り向くことはないまま言う。
「こちらこそ。帆乃先輩と過ごした時間、楽しかったよ」
　そのまま立ち去っていくのかと思いきや、2、3歩進んでから、「あ、そーだ」と何か思いついたようで、再び足を止めて振り返った。
「前にデートしたときの、はしゃいでる帆乃先輩すごく可愛かったですよ。残念だなあ、せっかく可愛かったのに三崎先輩は見てないんですもんね」
　勝ち誇(ほこ)ったような笑みで、フッと笑う葉月くん。
「まあ、最後くらいは帆乃先輩の可愛いところ知ってるアピールしてもいいですよね」
　そう言って、立ち去っていった。
　残されたわたしたちの間には微妙な空気が流れていた。
「……生意気すぎてほんとムカつく。帆乃の可愛いところ知ってるってなんなの。僕のほうが知ってるし。ってか、デートしたんだ？」
「あっ、えっと、それにはいろいろ事情がありまして……」
　そもそもあれってデートって呼べるものかな……なんて、今考えなくてもいいことが思い浮かぶ。
「じゃあ、その事情ってやつを、帰ってからしっかり話してもらおうか」

笑っているのに圧がすごいんですけども……！
「もちろん、内容によっては覚悟してもらわないとね」
「……え？　覚悟っていったい何を……」
　意味がわからずあたふたしていると、わたしの耳元に顔を近づけてきて、そっと……。
「……嫉妬でおかしくなって、止まんなくなっても知らないよってこと」
　どうやら、危険なささやきからは逃げることはできないみたいです。

依生くんと釣り合うためには。

「はぁぁぁ……」
　ある日のお昼休み。
　わたしは、お昼を食べながら盛大にため息を漏らす。
「帆乃ちゃんどうしたの！　そんなため息ついて！」
　正面に座って一緒にお昼を食べている明日香ちゃんが、心配して聞いてくれた。
「……うん、ちょっと朝いろいろあって」
「まさか三崎くんが、帆乃ちゃんに嫌がることしたとか!?」
「あっ、違うよ違う！　依生くんは悪くないの。ただわたしが悪いっていうか……。そもそも、わたしって依生くんと全然釣り合ってないなって……」
　いつもと変わらず、依生くんと一緒に登校していた今朝の出来事。
　今日はお母さんが寝坊したのでお弁当がなくて、自分で作っている時間もなかったので、駅のコンビニで買うことにした。
　買い物をしている間、依生くんは駅の改札の近くで待っていてくれた。
　急いで買い物をすませて、依生くんのもとに向かってみると……。
「三崎くんを狙う他校の女の子たちがいたってこと？」
「う、うん」

1人でいるところをチャンスだと思ったのか、声をかけてきたらしい。

依生くんはだるそうに対応していたけれど、女の子たちは引く気がない様子だった。

なんだか依生くんのところに行くのが気まずくて、どうしたらいいかわからなかったんだけど。

コンビニから出てきたわたしに気づいた依生くんが、手招きをするので、駆け足でそばに行った。

『彼女待ってただけだから。悪いけど、アンタたちには興味ないんで』

はっきり彼女だって言ってもらえて、ホッと安心したのもつかの間。

「そんな地味な子釣り合ってないって、女の子たちに言われちゃって……」

しかも、依生くんに対して『女の子の趣味悪すぎ』とか『イケメンなのに地味子が好きなんて残念すぎ』とか……。

わたしだけじゃなくて、依生くんの気分を悪くさせるようなことまで言われたから……。

「それは女の子たちのただの僻みだよ〜！　気にすることないよ！」

依生くんも何も気にすることないって言ってくれたけど、1人で勝手に落ち込んで引きずっている状態。

そりゃわたしは地味だし、可愛くないし……。

何より目立つことが嫌いだし、過去にいろいろ言われたのもあって、素顔を隠して地味に生活を送っていた。

でも、わたしが隣にいるせいで、依生くんまでいろいろ言われてしまうのは嫌だ。
　それなのに、どうすることもできなくて、ひたすら落ち込む。
「ほんと女の子たちって厄介だよね。素顔の帆乃ちゃんみたいに可愛い子が三崎くんの隣にいてもやっかみはあるし。それで帆乃ちゃんが傷ついて、顔を隠すようになったら今度は地味なんだから釣り合ってないとか。自分たちの都合のいいようにしかとらえないから」
　わたしなんかが依生くんの隣にいていいのか、不安になる。もともとなかった自信がさらに失われる。
　他人に少しきつく言われたくらいで、こんなに落ち込んでしまう自分の性格が嫌い。
「もういっそのこと、素顔隠すのやめちゃいなよ！　メガネとって、少し長めの前髪もバッサリ切って！　制服だってもっと着崩してさ！」
「で、でも……そんなことしたら、また中学のときみたいに女の子たちから何か言われそうで……」
　それに自分の顔があまり好きじゃないから。
「昔のことは昔のことだよ！　中学のときの子たちは、帆乃ちゃんの可愛さに嫉妬してただけ。それに、もう幼なじみじゃなくて、彼女なんだから堂々としてればいいんだよ！　何かあればぜったい三崎くんが守ってくれるから」
　どうせ素顔を見せても、地味な格好をしても、どちらにせよ何か言われるくらいだったら、依生くんの隣にいて恥

ずかしくない程度に可愛くなりたい……って気持ちが強くなる。
「せっかくなら……少しでも依生くんに釣り合えるようになりたい……かな」
「よし、その意気だよ！　そうと決まれば、今日の放課後から早速いろいろやってみよ!!」
「えぇ、今日から？」
「思い立ったら即行動だよ！　わたしに任せて！」

　こうして、明日香ちゃん協力のもと、放課後に早速ある場所へと連れていかれた。
「まずは、その髪をバッサリ切っちゃおう！　顔がしっかり見えるように！　髪の長さは胸より少し上くらいのセミロングが似合うんじゃないかな〜」
　ある場所とは、明日香ちゃん行きつけのヘアサロン。
　明日香ちゃんはカタログをめくって、まるで自分の髪型を決めるようにサクサクと話を進めていくので、わたしはされるがまま。
　でも、ちょうどよかったかも。
　そろそろ髪を切ろうと思っていたし、少し短くしてみるのもありかな……。
　カットをしてもらって、トリートメントもお願いして、最後にコテで軽く巻いてもらった。
「うわ〜〜！　帆乃ちゃんめちゃくちゃ可愛いよ〜！」
「あ、ありがとう……っ。似合ってる……かな、おかしく

ないかな？」
「もう似合ってるって言葉じゃ足りないよ！　可愛さが渋滞してる！」
　明日香ちゃんは相当気に入ってくれたのか、自分のスマホのカメラをこちらに向けて、パシャパシャ写真を何枚も撮ってくる。
「いや～、帆乃ちゃんが可愛いことは知ってたけど、まさかここまでとは……！　これは破壊力やばいよ。女のわたしでも憧れちゃうくらい可愛い！」
「そんなに褒められたら照れちゃうよ……っ」
「んんん！　そうやって照れてるところもまた可愛い!!」
　まだ今の自分に全然慣れていなくて不安しかないけど、前の長くてボサボサした髪よりはマシになったかな。
「せっかくだから、リップとかも買いに行こうよ～！　帆乃ちゃんはもとが可愛いから化粧なんてしなくても、リップくらいで充分だろうし！」
　こうして、ヘアサロンをあとにしたわたしたちは、近くのコスメが売っているお店へ。
　向かっている途中の道にて。
「あっ、そうだ！　あと、そのメガネもとっちゃおうよ！」
「でもメガネないと全然見えなくて」
「コンタクトは？」
「持ってる……けど」
　何かあったときのために、コンタクトはポーチの中に常備してある。

「よしっ、じゃあ今からコンタクトにしよう！　メガネは極力しないってことで！」
「えぇ……」
　道端でメガネを外してしまうと困るので、コンタクトをするため、駅構内のお手洗いへと向かった。
「はい、じゃあメガネはもうカバンにしまおうね！　明日からコンタクトで学校来てね！」
　無事にコンタクトをつけ終えて、外へ出て手元にあるメガネをジーッと見つめる。
　まさか、このメガネなしで学校に行くことがあろうとは。
　またいつか使う日があるかもしれないと思い、カバンに入っているメガネケースにしまおうとしたら——。
「うわ……っ!!」
　ドンッと後ろから人がぶつかってきたので、身体がよろめいた。
　そのまま手に持っていたメガネが飛んでいって、地面に落ちてしまった。
「あぁぁ、レンズにひびが入ってる……」
　パリンッと割れたわけじゃないけど、レンズにうっすら線が入ってしまった。

　そして、そのまま翌朝を迎えた。
　今日はいつもより少し早起きをして、美容師さんに教えてもらったとおりに、髪をゆるくふわっと巻いて、崩れないようにワックスを軽くなじませた。

昨日あれから明日香ちゃんが選んでくれたリップを丁寧に唇に塗る。控えめな色味のコーラルピンクだ。
　それから、いつもは折ったりしないスカートをウエストで２回折ってみた。
　短すぎない？って明日香ちゃんに聞いてみたけど、明日香ちゃんいわく、女の子たちほとんどみんな、これくらいは折っているらしい……。
　全身鏡の前に立って、いつもと少しだけ違う自分をチェックしていると。
　ベッドに置いてあるスマホが鳴った。
　ずっと鳴っているから着信かな。
　急いでスマホを手にとって、電話に出る。
「も、もしもし」
『……もう起きてた？』
「え、依生くん？」
『そーだよ』
　急に電話なんてかけてきてどうしたんだろう？
「えっと、何かあったのかな」
『ん、今日ちょっと午前中だけ学校休むから』
「あっ、そうなんだ」
　……じゃあ、朝は依生くんに会えないのかぁ。
　早起きして頑張ったこの姿をいちばんに依生くんに見てほしかったのになぁ。
『まだ起きてないと思って電話してみたけど、今日はちゃんと起きてたんだね。なんかあったの？』

「う、ううん、何もないよ？」
『ふーん、そっか。午後には学校行くから、朝1人で通学するとき、変な男に捕まらないように気をつけるんだよ』
「子どもじゃないもん」
『子どもじゃなくても、帆乃可愛いから。変なヤツに連れていかれないか心配してんの』
「だ、大丈夫だよ」

　本当に依生くんって過保護だ。
　けど、それだけ大事にされてるんだって思うと、嬉しい気持ちもある。
　こうして電話を終えて、1人で学校へと向かった。

　教室に着くまで、いろんな人からチラチラ見られて、指をさされて、ヒソヒソ話されて。
　……な、なんだかとても不安になってきた。
　似合ってなくて、おかしくて変に注目を浴びてるんじゃないかと思って、小走りで教室まで向かったはいいけど。
　戸の前に立ったまま、なかなか開けられず中に入れない。
　ど、どうしよう……。
　いつまでもこんなところで突っ立っているわけにもいかないし。
　かといって、1人で教室に入るのは勇気がいる。
　……って、せっかく昨日あれだけ明日香ちゃんが協力してくれて、『自信持って』って言われたのに、早速自信を失ってるわたしってなんなの。

「あれ、教室入らないの?」
「ひぇ!?」
　急に後ろから声をかけられて、びっくりして変な声が出てしまった。
「あれ、帆乃ちゃん?」
「あっ、は、花野井くん……!」
　振り返ると、そこにいたのは偶然にも花野井くんだった。
　自分の容姿がいつもと違うってだけで、花野井くん相手でも緊張して目をそらしてしまう。
　あ……、でも花野井くんは夏休みにお家にお邪魔したときに一度だけこの姿を見られているから、あわてることないかな。
「今日、雰囲気違っていいね。髪も切ったみたいだし、メガネもやめたんだね?」
「あっ、えっと……少しだけ頑張ってイメージ変えようかな……みたいな」
　うぅ……、やっぱり花野井くん相手でも緊張する。
「いやー、それは少しどころじゃないよ。すごく似合ってるからこんな姿、依生が見たら嫉妬で狂って頭おかしくなるんじゃないかなー」
「な、なんか朝教室に着くまでいろんな子に見られてたから……。てっきり似合ってないのかと思っちゃって」
「それは帆乃ちゃんが可愛いからだよ。ってか、いつも一緒の依生はどうしたの?」
「今日は午前中休んで、午後から来るみたいで」

「へー、そっか。じゃあ、依生は知らないわけだ。帆乃ちゃんが素顔さらしちゃってるの」
　ハハッと愉快そうに笑いながら続ける。
「いやー、ぜったい妬くだろうね。学校来てみたら衝撃受けるだろうな。俺はその顔を観察でもしておこうかな」
「ええ、花野井くん何か面白がってる？」
「依生の反応が楽しみで仕方ないだけだよ。とりあえず、もうすぐホームルーム始まるから教室入ろっか」
「う、うん」
　花野井くんが戸を開けてくれて、後ろについて中に入り、そのまま席に向かおうとしたら──。
「はよー、涼介〜。お前さ、今日提出の数学の課題やってきた〜？」
　開けた早々、クラスメイトである安田くんが花野井くんに話しかけたので、足を止めた。
　後ろにいるわたしも同じように足を止める。
　うぅ……早く席に着きたいのに……。
「いや、まだやってないけど。ってか、その課題の提出って明日じゃなかった？」
「え、そうだっけ？」
「そんな気がするけど。どうだっけ、帆乃ちゃん」
　花野井くんが急にこちらを振り返って、話を振ってきた。
「えっ、あっ……えっと」
　どうだったっけ……。
　軽くパニックを起こしていると、安田くんが後ろにいる

わたしの存在が気になったのか、ひょこっと顔を出してきて、思いっきり目が合った。
　安田くんは固まったまま、ジーッとわたしを見る。
　かと思えば、どんどん目が見開いて、合っていたはずの目線はすぐに花野井くんへ向けられた。
「お、おおおい、涼介!!　こ、こここの可愛い子どうしたんだよ!!」
「いや、落ち着いて、安田。日本語が荒ぶってるから」
　安田くんがバシバシと花野井くんの肩を叩きながら興奮している様子。
「お、落ち着けるわけないだろ!!　え、まさかお前の新しい彼女!?　え、でもこんな可愛い子ウチのクラスにいたか!?　え、俺が見えてなかっただけか。それとも転校生とか!?」
　な、なんだか安田くんのテンションについていけないので、若干身体を後ろに引いて花野井くんの大きな背中に隠してもらう。
「あからさまにバカな反応するなよ。帆乃ちゃんが戸惑ってるだろ。あと、俺の彼女は明日香だけだから。それと、この子は転校生じゃないし。4月からずっと俺らと同じクラスだから」
「お、同じクラスだと!?　え、いや、信じられねぇ……。こんな可愛い子いたら即アタックしてるわ!」
　すると、安田くんはクラスにいた男子数人をこちらに連れてきた。

「ちょっ、お前らに聞きたい。こんな可愛い子、俺らのクラスにいたか!?」

そう言いながら、後ろから追い立てるようにして、わたしをみんなの前に出してきた。

うっ……、こんなに人に見られることなんてないから、不安げに男子たちの顔を見ると……。

「……え、何この子、めちゃめちゃ可愛いじゃん」

「いや、ほんとそれ。え、この子転校生か？」

すると安田くんが大声で。

「いや、聞いて驚け！ なんとこの子もともと俺らのクラスメイトなんだとさ！」

「え、まじ？」

「いや、これだけ可愛かったら目立つだろ」

そ、そこまで驚くことなのかな。

すると、わたしの耳元でそっと花野井くんが申し訳なさそうに言う。

「男ってすごい単純でしょ。いきなりこんな騒ぎになっちゃって、気悪くさせたらごめんね」

「あっ、ううん大丈夫だよ」

ただ勢いにはびっくりしたけど。

すると、花野井くんが今もまだ騒いでいる安田くんたちを追い払うように言った。

「ほら、お前らバカみたいに騒いでないで席に着けよ。俺らも早く席に着いて準備したいから」

「いや、ちょっと待てよ！ その子の正体を教えろよ！」

「はぁ……お前らってほんと周りちゃんと見てないのな。芦名帆乃ちゃんだよ。クラスメイトの顔と名前くらいちゃんと覚えとけよな」
　花野井くんが若干呆れ気味に言うと、安田くんたちはポカーンと口を開けた。
「え……芦名さんって、たしか三崎の幼なじみの？」
「そうだよ。雰囲気違うけど、いつも依生と一緒にいるだろ？」
「え、でも芦名さんって、いつもメガネしてて、髪２つで縛ってたよな」
「髪切って、コンタクトにしたんだよ。ほら、帆乃ちゃんコイツらうるさいから、先に席行っていいよ」
「あ、ありがとう」
　花野井くんのおかげで、なんとか席に着くことができたけど、安田くんたちが騒いだせいか、みんなざわついてこちらを見てヒソヒソ話している。
「あっ、帆乃ちゃ〜ん、おはよう！　早速可愛さ炸裂してるね〜！」
「あっ、明日香ちゃん、おはよう。なんかすごくみんなに見られてるような気がするんだけど……」
「それは帆乃ちゃんが可愛いからだよ〜！　さっきから男子たちがこっち見て、帆乃ちゃんのこと話してるよ？」
「えぇ、悪口とかじゃなくて？」
「まさかー！　可愛いって単語しか聞こえてきてないよ！」
　ここまでいろんな人に注目されるとは思ってもいなかっ

たなぁ……。
　というか、そもそも前までのわたしが地味すぎたせいもあるかもしれない。

　そして迎えたお昼休み。
　いつもどおり明日香ちゃんとお昼を食べる予定だったんだけど、体育委員の集まりがあるみたい。
「帆乃ちゃんごめんね、お昼一緒に食べられなくて……！」
「ううん、大丈夫だよ！」
　クラスでは友達があまり多いほうではないので、明日香ちゃんがいないと、お昼を一緒に食べてくれる子が誰もいない。
　なので、1人で屋上に行って食べることにした。
　体育委員の集まりが終わり次第、明日香ちゃんも来てくれるって言っていたけど、たぶん難しいかな……なんて思いながら階段を上る。
　もう季節は冬なので、屋上には誰も人がいない。
　ちょうどいいかな、1人で食べるには。
　すごく寒いけど仕方ないかぁ。
　早く食べて教室に戻ろう。
　壁にもたれかかって座り、お弁当を広げてパクパクと口に運ぶ。
　なんだか今日は本当に疲れたなぁ。
　ボケッと空を見上げながら、ふとあることを思い出した。
　あっ、そういえば依生くんお昼から来るんだっけ。

早く会いたいなぁ……なんて。
　昨日も会っているし、毎日話だってするのに、少し会えなかっただけですごくさびしく感じる。
「早く依生くんに会いたいなぁ……」
　思わず漏れてしまったひとり言。
　でも、今ここには誰もいないし、聞く人もいないからいいやなんて思っていると——。
　——ドンッ……！
　いきなりすごい音が聞こえて驚き、扉のほうへ向かってみると……。
「え……、なんで依生くんが……きゃっ！」
　そこにいたのは、息を切らして怖い顔をした依生くん。
　わたしの姿を見つけると、安堵の表情を見せてすぐに抱きしめてきた。さっきの音は依生くんが勢いよく扉を開けた音みたい。
　いきなりのことにパニックになるけど、依生くんの様子が明らかにいつもと違う。
　だって、肩で息をしているし、冬だっていうのに身体が熱くて、少し汗をかいている。
「……はぁ、焦った。見つかってよかった……っ」
「え、どうかしたの依生くん？」
「……どうかしたのじゃないでしょ。なんでそんな可愛い姿してんの……」
　ギュウッと抱きしめてくる力がいつもより強くて、つぶれちゃうんじゃないかって心配になるくらい。

「さっき……っ、教室行ったときに……いきなり安田が帆乃のこと聞いてきたから」

　今もまだ呼吸が落ち着かないのか、言葉がとぎれとぎれ。

「わけ聞いたらいつもと雰囲気違うって……。他のヤツらも騒いでるし……っ」

「あ、なんか今日いろんな人に見られてばっかで……」

「……当たり前じゃん、可愛いんだから。教室行ってみたら帆乃の姿見えないから、変な男に連れていかれたんじゃないかって心配した……」

「さ、探してくれてたの？」

「……バカみたいに必死になって探したし。もし帆乃が他の男に何かされたらなんて思うと、嫉妬どころの話じゃないから」

「心配かけてごめんね……？」

　精いっぱいの"ごめんね"って気持ち込めて、依生くんが落ち着くように背中をさする。

「……なんでそんな可愛い姿、他のヤツに見せてるの？帆乃の可愛い姿は、僕だけが独占できればいいのに」

「だ、だって……。わたしが地味なせいで、依生くんまで何か言われるのが、嫌だったから……。そ、それに、依生くんみたいにかっこいい人の隣にいるなら、それなりに釣り合うくらいになりたいなって思ったの。ダメ……だったかな？」

　少し身体を離して、首を傾げながら依生くんの顔を見る。

「……ダメじゃないけど。そんな可愛い姿、他の男に見せ

たくない。見たヤツ全員抹殺してやりたい」
「えぇ……」
「……別に僕は何言われても気にしてないし。それに、釣り合うとか釣り合わないとか、そんなの考えなくていいのに。……僕の隣は帆乃以外ありえないんだから」
「わたしも……依生くんだけだよ……？」

　ようやく依生くんの息が整ってきて、目を合わせてみると、依生くんの顔が少しだけ赤くなっていくのがわかる。
「っ……、あーもう。可愛すぎて気が狂いそう……」
「……？」
「ただでさえいつも可愛いのに……。これ以上可愛くなって僕をどうしたいの？」

　ほっぺをむにっと引っ張られて。
「……可愛さに溺れそう」

　吸い込まれるように唇が重なった。

　少しして離れてから、わたしの肩に依生くんの頭がコツンとのっかる。
「……ってか、もう溺れてた」
「っ……」
「欲を言うなら、前みたいに戻ってほしいけど」
「それは、やなの……っ」

　釣り合わないことを気にするなって言われても、気にしてしまうものだから。
「そう言うと思った。帆乃はたまに頑固になると、滅多に折れてくれないし」

「頑固って……」
「まあ、すごく気に入らないけど、今回は僕が折れるから。その代わり、何かあったらぜったい僕に言うことと、変な男に簡単についていかないこと。これは守ってよ」
「依生くんってやっぱり過保護……」
「どこが？　これくらい普通でしょ。本音を言うなら帆乃をずっと僕の腕の中に閉じ込めていたいのに」
　たぶん、それは普通じゃないような気がするけれど。
「そ、その約束守るから……。わたしからも１つお願いしてもいい？」
「何？　帆乃からのお願いならどんなことでも、いくらでも聞いてあげる」
「あ、えっと……、わがままなお願いなんだけどね」
「うん」
「こ、これからもっと可愛くなれるように頑張るから……。だ、だから、これからもずっとわたしだけを見ててほしいなって……」
　依生くんは誰が見てもかっこよくて、王子さまみたいで。
　少しでも目を離せば、いろんな女の子が狙ってるわけで、簡単にとられちゃいそうなのが少し怖い。
「……っ、何その可愛いわがまま。僕をどれだけ夢中にさせるつもりなの？」
「わがまますぎるかな……？」
　ぜったいに誰にも渡したくないって思うほど、わたしの心は依生くんでいっぱいなんだ。

「そんなわけないじゃん。ってか、僕はこんなに帆乃でいっぱいなのに。他の子なんて眼中にないくらい」
「……えへへ、そう言ってもらえて嬉しいなぁ」
「はぁ……もうほんと何しても可愛い」

　結局、それからお昼休みは終わってしまい、5時間目には間に合わなくて、1時間だけ依生くんと2人で授業をサボってしまった。

　その間、2人っきりで何をしていたかは、わたしと依生くんだけの秘密（ひみつ）。

ヤキモチ、欲張り。

　季節は真冬の12月に突入したある休みの日。
　今日は、朝から依生くんの家にお邪魔して、2人の時間を過ごしている。
　依生くんのご両親は、出かけているみたい。
「はぁ……帆乃を充電しないと死にそう」
　ほぼ毎日顔を合わせているのに、依生くんの溺愛は変わらず。
　部屋に通してもらってから、ベッドに座っているわたしを後ろから抱きしめて、くっついたまま離れてくれない。
　肩に依生くんの顎が置かれて、お腹のあたりには腕がしっかり回っていて、身動きがとれない状態。
「帆乃不足で死ぬかと思った」
「そんな、大げさだよ。昨日もずっと一緒にいたのに」
　2人でいるときはずっとこんな感じで、ベッタリくっついたまま。
「……なんで？　僕は少しでも帆乃に会えなかったらさびしいのに。帆乃は違うの？」
「そ、それは……っ」
「へー、僕だけなんださびしいの」
　顔は見えないけど、喋り方からして拗ねていると思う。
「お、怒ってる？」
　首を少し後ろに傾けて、依生くんの顔を見ようとするけ

ど、わたしと目を合わせないようにプイッとそっぽを向いてしまう。
「別に怒ってないけど」
　嘘だ、ぜったい怒ってるじゃん。
「うぅ……、機嫌直して……っ」
　必死になって訴えかけると。
「じゃあ、帆乃からキスして」
「……え、えっ!?」
　いや、なんで今の話の流れからそうなるの!?
「たまにはいいじゃん、帆乃からしてくれても」
「や、そんないきなり言われても……っ」
　すると、スッと脇の下に依生くんの手が入ってきて、そのまま身体を持ち上げられ、くるっと回された。
「っ、ち、近い……よっ！」
　さっきまで後ろで見えなかった顔が、今は至近距離で見える。
　しかもわたしが依生くんの上に乗っかっている状態だから、少しでも気を抜けば簡単にお互いの唇が触れてしまいそうな距離。
「はい、恥ずかしがらないの。機嫌直してほしいんでしょ？」
「うっ……」
「ほら、こーやって軽くすればいいの」
　心の準備なんてする時間は与えてくれなくて、チュッとキスが落とされる。
　少し触れただけのたった一度のキスなのに、心臓が異常

なくらいバクバク音を立てる。
　もう付き合って結構経つのに……。
「……ふっ、まだ緊張する？」
　身体が密着しているせいで、心臓の音を聞かれてしまったに違いない。
「ぅ……、何回しても緊張するものなの……」
「ふーん。じゃあ、緊張ほぐしてあげる」
　首筋にかかる髪をスッとどかされて、そこに唇を押しつけてくる。
　少し触れただけかと思えば、軽く舐められて嚙みつかれたような痛みが走る。
「や……っ」
　少し痛く感じるのに、なぜか身体の力がスッと抜けていくくらい甘くて……。
「はぁ……っ」
　息苦しくなんてないのに、なぜか苦しそうな声が漏れてしまった。
「ん、できた。結構きれいについた」
「何、つけたの……？」
「キスマーク」
「……きす、まーく？」
　一瞬、理解できなくて、思考が停止しかけたせいで、間抜けな声で答えてしまった。
「見てみる？　きれいに紅く残ったけど」
「……っ!?」

ようやく理解が追いついて、すぐに首元を自分の手で覆った。
「えー、なんで隠すの？」
「恥ずかしい……から！」
　なんでこんなこと、さらっとできちゃうの……！
　依生くんはいつもそう。
　キスだってうまいし、慣れてる。
　触れ方だって、手慣れているように感じる。
　今だって、普通にキスマークをつけたわけで……。
　あわてるわたしとは対照的。
　どうしていつもわたしばかりが、こんなに余裕がないんだろう？
　そういう経験がないから？
　男の子と付き合ったことがなくて、触れられるのも、キスされるのも、ぜんぶ依生くんが初めてで。
　だけど……依生くんは違う……？
　わたしが知らないだけで、昔彼女の１人や２人いたことあったりするのかな……。
　そうじゃなかったら、ここまで慣れているわけがないよね……。
　あぁ、やだ……。
　簡単に気持ちがしぼんでしまう。
　もし、過去に彼女がいたとしても、それはあくまで過去の話。
　今はわたしだけを見てくれているんだから、それでいい

じゃないかって。
　そんなこと割り切らなきゃいけないって、自分に言い聞かせてみるけど、黒い感情がドバッと襲いかかってくる。
　過去に嫉妬してモヤモヤするなんて、わたしの心はとてつもなく狭い。
　甘い雰囲気から一変。
　不安で、あからさまに表情が曇っていくのが自分でもわかる。
　ということは、それは依生くんもわかるわけで。
「……どーしたの？」
　急に声のトーンを優しくして聞いてくる。
　こんな心が狭いヤキモチなんて、言えるわけないって思って、下を向くことしかできない。
　面倒くさいって思われるに違いないから。
「帆乃？」
　上から降ってくる心配そうな声。
　他の女の子のことも……こんなふうに優しく名前を呼んだりしたのかな……。
　……もう最悪。
　一度負のループにハマると、抜け出せなくなってどんどん不安を広げていってしまう。
「なんかあったなら、言ってくれないとわかんない」
「い、言いたくない……」
　依生くんはこんなに優しく聞き出してくれているのに、強がって可愛くない。

こんな態度をとって、呆れられるかも。
「……言ってよ。急に不安そうな顔するから、僕まで不安になる」
「どう……して、依生くんが不安になるの？」
「帆乃に嫌われたかもって思うから」
　そんなことありえないのに。
　依生くんを嫌いになるなんて、きっと一生かけてもできないと思う……なんてこんな考え方は重いのかな。
「き、嫌いになるわけないよ……っ。むしろ、わたしのほうが心狭くて、嫌われそうだもん」
「……なんで僕が帆乃のこと嫌いになるとか思うの？　そんなのぜったいありえないって断言できるのに」
　こんなに気持ちを伝えてくれているんだから、何も不安になることなんかないのに。
　気づいたら、とても欲張りになっていた。
　依生くんのぜんぶを……わたしだけが独占したいって。
「……顔上げて、僕のほう見てよ」
　顎をクイッと持ち上げられて、しっかり目が合った。
　あぁ、やだ……視線が絡み合うだけで、すぐ余裕がなくなる自分が。
「なんでそんな不安そうな顔してるの」
「不安……だよ。わたしは依生くんみたいに余裕があるわけじゃないから……っ」
　涙腺がゆるんで、瞳に少しだけ涙がたまる。
「いつも……、わたしばっかり余裕がなくて。そういう経

験がないから仕方ないってわかってるのに……。それなのに、依生くんは慣れてるし、余裕だし。きっと過去にそういうことを他の女の子としてきたんだって……」

　もう最悪……。

　過去のことにヤキモチ焼いてるって宣言してるようなものだし。

　今度こそ呆れて、「もういいよ」なんて言われてしまうかも……。

「……余裕なんかないよ。いつも帆乃を目の前にしたら、そんなもの飛んでるから」

「う、嘘だ……っ。だっていつも焦る様子もないし、わたしのことからかって、楽しんでるし慣れてるし……」

「慣れてなんかないよ。それにさー、さっき過去に他の子とそういうことしてきたとか言ってたけど。僕が帆乃以外の子と付き合ったことある？」

「な、ないと思ってたけど……。でも、キスとか慣れてるじゃん……」

「それは帆乃が下手なんじゃなくて？」

「なっ……！」

「だいたいさー、他の子なんて興味すら湧かないのに、彼女なんかできるわけないじゃん」

「ほ、ほんとに？」

「ほんと。ってか、こんなに帆乃に夢中なのに、なんでわかってくれないの？」

　ムッとした顔をしたので、また怒らせてしまったのかと

思い、とっさに目の前の身体にギュッとしがみついた。
「お、怒らないで……っ？」
「帆乃からキスしてくれないとやだ」
　ま、まだ言ってるよ……っ。
　もう忘れてくれたと思ったのに。
「ちょうどいいじゃん、キスの練習ってことで」
「れ、練習……!?」
「帆乃がへたっぴだから」
　フッと笑いながら、少しバカにするような口調で言ったかと思えば、簡単に唇を奪われた。
「……ん、ちょっ……」
「ほーら、逃げないの。慣れるために頑張ってよ」
「ぅ……っ」
　どう頑張るのって内心思うけど、そんなこと考えさせないくらい、甘いキスに溺れそうになる。
　ただ、ついていくのに必死で、結局されるがままに身を任せてしまう。
「……まだしてみる？」
　唇をほんの少しだけ離して、目をしっかり合わせて聞いてくるから、あまりの近さにブワッと顔が赤くなっていく。
　たぶん、どちらかが少しでも動いてしまえば再び唇が触れる。
　耐えられない距離なのに、離れてほしくない……なんて。
「……僕はもっとしたいけど」
　息がかかって、くすぐったい。

絶妙なこの距離感のせいで、さらに心拍数がどんどん上がっていく。
「も、もう耐えられない……っ」
「せっかく慣れるための練習なのに」
　練習とか言って、依生くんがただキスしたいだけなんじゃないかと思い始めた。
「また今度……してください……っ」
「んー、仕方ないなあ。じゃあ、次のキスは帆乃からしようね」
　ちょっぴりイジワルな依生くんは変わらない。

可愛がられて、溺愛されて。

　依生くんと付き合い始めて、数ヶ月がすぎた今日この頃。
　何事もなく順調に進んでいると思った、依生くんとわたしに最近ちょっとした変化が起きた。
　わたしは、その突然起こった変化に頭を抱えている。
　それが何かと言いますと……。
「……ほーの、起きて」
　いつもの朝、いつもの依生くんの声。
　重いまぶたを開けると、そこにいるのは依生くんで。
　ここまでは何も変わっていない。
「おはよ。今日はすんなり起きたね」
「ん……、おはよう」
　目をこすりながら身体を起こして、依生くんの顔をジーッと見る。
　前までなら、朝起きたら真っ先にギュッてしてくれて、キスまでしてくれたのに……。
「どーしたの、ボーッとして」
　ここ最近の依生くんは、パタリとわたしに触れようとしなくなった。
　これがわたしの最大の悩み。
　学校に向かっているときも、前までなら最寄りの駅までは手を繋いでくれたのに、最近は繋いでくれなくなった。
　別にケンカしたとかそういうわけではないし、依生くん

の態度はいつもと変わらない。
　でも、前はあれだけベッタリしていたのに突然触れてこなくなったことに対して、少し不安がある。
　わたしに興味がなくなったのかなとか、他の子に気持ちが向いたのかなとか……。
　またしても負のループにハマってしまう悪いクセ。
　正直、片想いのほうがぜったいつらいだろうとか思っていたけど、いざ彼女になってみたら今度は不安が尽きない。
　なんにせよ、恋愛って全然ラクじゃないし、悩みが尽きないもの。

　──放課後。
　この悩みを解決すべく、わたしはある人に打ち明けた。
「……ということがあって。最近依生くんの様子がおかしくて……」
　テーブルを1つ挟んで、目の前に座っている相手の顔をジッと見ながら話す。
「そっか。つまり帆乃ちゃんは依生に触れてもらえなくて飽きられたんじゃないかと思ってるってこと？」
「うっ、そうです……」
　打ち明けた相手とは、花野井くんで。
　本当は明日香ちゃんに相談しようかと思ったんだけど、依生くんと同じ男の子の意見として何か聞けないかな……と思って。
　少し時間を作ってもらえないか頼んで、駅の近くのカ

フェに入って相談に乗ってもらうことにした。
「いやー、それは考えすぎなんじゃないかなー？ アイツぜったい帆乃ちゃんのこと手放すつもりないだろうし。帆乃ちゃんは気づいてるかわかんないけど、依生の溺愛っぷりってだいぶすごいよ？」
　相変わらず落ち着いた口調で、さっき頼んだカフェオレを飲みながら言う花野井くん。
「で、でも……。前までずっとベッタリだったのに、急に距離置くみたいにされたら不安っていうか……さびしいっていうか……」
　ここまで打ち明けたら恥ずかしさなんて捨てて、花野井くんに思っていることをぜんぶ聞いてもらって、意見を聞くしかない。
「帆乃ちゃんも依生のこと大好きなんだね。安心したよ。いつも依生が一方的に帆乃ちゃんにベッタリかと思ってたから」
　こっちは深刻な事態だと思っているのに、花野井くんは平然としているから温度差がすごいある。
「花野井くんは明日香ちゃんに触れたいと思わない？」
「んー、そりゃ好きだから触れたいと思うよ？」
「ほらぁ……！ 依生くんが触れなくなったのは、やっぱりわたしに飽きたからとか……」
「いやいや、落ち着いて。触れなくなったイコール嫌いになったとは限らないよ。依生の話も聞かずに勝手に1人で突っ走ったら、あとで悔やむよ？」

「うぅ……」
　そりゃそうだけど……。
「直接聞いてみるのはどう？　どうして最近わたしに触れてくれないの？みたいな感じでさ」
「そんな恥ずかしいこと聞けないよ……」
　これで『飽きたから』なんて言われたら、立ち直れない。
「んー、それが無理なら、帆乃ちゃんから触れてみるのは？」
「え……」
　いや、そんな大胆なこと、もっと無理なんですけど！
　ってか、花野井くんってもっと草食系っていうか、あんまり大胆なこと言わなそうなイメージだったから、意外と積極的なことを提案してくるからびっくり。
「たまには彼女のほうから積極的になってみるのも、ありだと思うよ？　もしそれでダメだったら……って、依生に限ってそれはないと思うけどね」
　自分から積極的になる……か。
　そういえば、2人でいるときは必ず依生くんのほうから触れてくれて、キスだっていつも依生くんからだった。
　わたしからしたことは一度だってない。
　触れてもらえるのが当たり前と思っていたのが、そもそもいけなかったのかなぁ。
　受け身ばっかりなのがダメなのかな。
　いろいろ悩みながら、話を聞いてもらった花野井くんにお礼を言って2人でお店をあとにした。

そして、その日の夜のこと。
「ほーの！　ちょっとこれ、依生くんの家に持っていってくれない？」
　ちょうどお風呂から上がって、髪を乾かし終えたところにお母さんが何やら紙袋を渡してきた。
「これね、結依ちゃんに渡してくれればいいから！　ササッと行ってきてくれる？」
「わかったよ」

　外に出るとすごく寒いけど、今日の部屋着はモコモコしていて暖かい。それに依生くんの家までなんてすぐだ。
　上着も羽織らずに、紙袋だけを手に持ってインターホンを押すと数秒後、中から依生くんが出てきた。
「……は？　何してんの」
　驚きながら、わたしを上から下までジーッと見てくる。
「お母さんから届け物頼まれて。これ、結依さんに渡してほしいって」
　紙袋を手渡すと、依生くんから大きなため息が送られてきた。
「……なんでそんな無防備な格好で外出るの。変なヤツに捕まったらどうするの？」
「あ、近いからいいかなって」
「よくないし……。ってか、連絡くれたら僕がとりに行ったのに。寒くない？」
　少し冷えた頬に、依生くんの温かい手が触れた。

一瞬触れただけなのに、尋常じゃないくらいそこだけ熱を感じてしまった。
　前は、こうして触れてもらえるのが当たり前だったのに。
　物足りなく感じるわたしって欲張りなのかな……？
「……さ、寒いから、少しだけお邪魔してもいい？」

　寒いというのを口実に、部屋に上げてもらった。
　どうやら、家には依生くんだけみたいで、ご両親２人とも残業でまだ帰ってきていないようだ。
「はい、これ毛布。これにくるまっとけば暖かいよ」
　ベッドにあった毛布を渡してくれて、依生くんはそのままベッドにドサッと座って、マンガを読み始めてしまった。
　ほら、やっぱり変だよ。
　前までなら、「毛布なんかより僕が抱きしめるほうがよくない？」とか言って、ギュッてしてくれそうなのに。
　受けとった毛布で身体をくるんで、そのまま依生くんの隣に座った。
　横からジーッと視線を送ってみたけど……。
「……どーかした？」
「う……ううん。なんでもない」
　触れるどころか、マンガに夢中でこちらを見ようともしない。
　だから、少しだけ頑張ってみようと思って、依生くんの肩に頭をコツンとのせてみた。
「眠いの？」

違うのに、そういうことじゃないのに。
　ただ、もっと近くで依生くんを感じたいだけ……なんて、恥ずかしくて口にできない。
「眠くない……よ」
「ふーん、そう」
　なんだか素っ気ないような感じがして勝手に傷ついた。
　まったく触れてもらえないのはとてもさびしい。
　変なの……。
　前までは触れられたら、ドキドキしてもたないから、程々にしてほしいなんて思っていたのに。
　いつしか、触れてもらえないとさびしく感じるようになったなんて。
　距離はこんなに近いのに、なんだか遠い存在のように感じてしまう。
　見事惨敗に終わってしまったわたしは、それからおとなしく家へと帰った。

「はぁ……もうやだなぁ……」
「どうした帆乃ちゃん！　お悩みかい？」
　放課後の教室にて。
　思わず漏れてしまったひとり言を、聞き逃さなかった明日香ちゃん。
「お悩みだよぉ……。もう依生くんがよくわかんない」
　机にペシャンとおでこをつけて落ち込みのポーズ。
「まさか三崎くんが何かやらかしたの!?」

「やらかすどころか、何もしてこないから悩んでるの……」
　やっぱり、明日香ちゃんにも相談に乗ってもらおう。
　花野井くんに話したように、明日香ちゃんに事情を話すと、ふむふむと相づちを打って聞いてくれた。
「もうわたしのことなんて興味なくなって他に気になる子ができたのかなぁ……」
「いやいやいや！　三崎くんに限ってそれはないよ！　あれだけ帆乃ちゃんのこと大好きで手放さないんだもん！」
　明日香ちゃんも花野井くんと似たように、そんなことありえないって全力で否定してきた。
「でも三崎くんが、帆乃ちゃんに素っ気ない態度とるなんて、珍しいこともあるんだね。何考えてるんだろう？」
　本当に、何を考えてるのか教えてほしい。
　幼なじみでもあるから、依生くんの考えることは誰よりも理解できているつもりだったけど、今回の問題はどうやら解決できそうにない。
「三崎くんのことだから何か企んでそうな気はするけど。それは深く考えすぎかなぁ」
「どうなんだろう……」
「帆乃ちゃんにこんな思いをさせるなんて許さんぞ！」
　ガタンッと席から立ち上がって、バンッと机に手をついて興奮状態の明日香ちゃん。
「あ、明日香ちゃん、落ち着いて」
「落ち着けるわけないよ！　帆乃ちゃんがこんなに悩んでるのに、肝心の三崎くんはどこに……って、あれ？」

明日香ちゃんの視線が廊下のほうに向いたまま、口を開けて固まった。
　どうしたんだろう？と思い、何も気にせず視線の先をたどって後悔した。
「あ、あれって三崎くんと……」
　そこにいたのは、依生くんと……女の子の姿。
　女の子の顔はチラッとしか見えなくて、誰かわからなかった。
　依生くんが手を引かれて、どこかへ連れていかれるところを目撃してショックを隠しきれない。
　別にまだ何かあったわけでもないのに、まるで浮気現場を目撃したような気分。
「えっ、ちょっ、今の三崎くんだよね？　なんで女の子に手引かれて一緒に……」
　こうやって、どんどんすれ違っていって、最終的には別れる……みたいなありがちなシナリオ。
　それが今の自分が置かれている立場だなんて認めたくもない。
「と、とりあえず事情をちゃんと聞こう！　きっと何か理由があるんだよ！」
「っ……、ごめん……帰るね……っ」
　せっかく心配して、励まそうとしてくれている明日香ちゃんを振り切って教室を飛び出した。
　泣きたくないって思うのに、その意思に反して涙は止まってくれない。

「はぁ……っ、もうやだ……っ」
　幼なじみのときだって、もどかしくて苦しくて。
　きっと、付き合ってしまえば幸せなことばかりだと思っていたのに全然違う……。
　もちろん幸せだと思うことのほうが多い。でも、……相手を想う気持ちが強すぎて、それが膨れ上がったせいで、欲張りな感情がどんどん出てくる。
　悩みだって尽きない。
　それに……幼なじみだったら永久的に続くものだけど。
　恋人同士になってしまえば、いつか終わりがあるんだって思い知らされみたいだった。

　あれから急いで家へと帰ったわたしは、部屋に入るなりベッドに倒れてそのまま眠りについてしまった。
　目を開けると真っ暗な状態で何も見えない。
　身体をむくっと起こして、ベッドのそばに置いてあるカバンの中から手探りでスマホを探す。
　電源ボタンを押すと画面が明るくなって、その明るさにクラッときた。
　目を細めて画面を見ると、2件の通知。
　送り主はどちらもお母さんから。
【急なんだけど、お父さんのところに行くことになったから！　もう今向かってて、今日は帰れないから！】
　なんだ……お母さん帰ってこないのか。
　ちょうどよかったかもしれない。

今は1人になりたかったし。
　そう思ったのもつかの間。
　もう1件のメッセージを確認してみると。
【1人だと心配だから、依生くんに泊まってもらうように頼んでおいたから！　2人で仲よくね〜！】
　驚いて目を見開いた。
　う、嘘でしょ。
　今いちばん会いたくないのに、よりにもよって今日泊まりに来るなんて……。
　スマホをベッドに落として、今さらながらどうしようってあわてていると。
　開くはずのない、部屋の扉がガチャッと開いた。
「え……!?」
　まだ電気もつけていない真っ暗な状態で、いったい誰だろうと思い焦った声をあげたと同時、部屋の電気がパッとつけられた。
　……依生くんの手によって。
「こんな真っ暗な部屋で何してたの？」
「な、なんでここに……」
「帆乃のお母さんから連絡あったから。今日、家空けるから帆乃のことよろしくって。鍵開いたままだったよ」
　我ながらとても不用心だと思った。
　鍵を開けたまま、すっかり眠っていたなんて。
「今日……、本当に泊まるの？」
「うん、もちろん。1人で何かあったら危ないから」

ここで変に断ったら、なんで？って聞かれると思ったから、それ以上は何も言えなかった。

　先にお風呂をすませると、時刻は夜の8時を回っていて、少し遅めの晩ごはんを2人で食べる。
　テーブル1つ挟んで、正面で黙々と食べている依生くん。
　その姿をジーッと見ていると、偶然なのかばっちり目があった。
「……なんか懐かしいね」
「え？」
「ほんの数ヶ月前に、こうやって一緒に住んでたのが」
「あ……そう、だね」
　そっか……。まだ幼なじみから進展していなかったとき、同居していたんだ。
　なんだかすごく前のように感じる。
　ここで会話が切れてしまって、その先に繋がることはなかった。
　それからは2人でテレビを見たりしても、何か起こるわけでもなく。
　あっという間に寝る時間になってしまった。
　依生くんがソファから立ち上がって、リビングの電気を消そうとするけど、わたしはソファから腰を上げない。
「帆乃？　寝ないの？」
「……寝ない。もう少しだけ……、依生くんといたい……の」
　あぁ、なんて大胆なこと言っちゃったんだろう。

けど、今言わないと、このまま寝てしまったらまたモヤモヤが増えて、ますます言えなくなってしまうような気がしたから。
「……さびしいの？」
　その問いかけに、コクリと首を縦に振る。
　すると、そのままわたしの身体をひょいっとお姫さま抱っこした。
「……へ？」
　リビングの電気を消して、向かった場所はわたしの部屋。
　部屋に着くとベッドにおろされて、その隣に依生くんが腰かけた。
　久しぶりに近くにいるせいか、ドキドキして鼓動が速い。
　触れている肩から心臓の音が伝わってしまうんじゃないかって、焦ったのは一瞬。
　肩をトンッと軽く押されて、身体がドサッとベッドに沈んだ。――と同時に、依生くんが覆い被さってきた。
　いきなりの状況に頭がうまく追いつかない。
　……なんでわたしは押し倒されてるの？
　それに、依生くんから押し倒してきたくせにわたしを見つめたまま何も言わない、触れてこない。
　本当に何を考えているのかわからない。
　そして、見つめ合うこと数十秒。
　上に覆い被さっていたのに何もしてくることはなく、そのままわたしの隣にドサッと倒れ込んだ。
「んじゃ、寝よーか」

まるで今の出来事は何もなかったかのように、わたしに背中を向けて寝ようとする。
　だから、思わずその大きな背中にピタッとくっついた。
「……なーに」
「な、何もしない……の？」
「何かしてほしいの？」
　してほしいっていうか……、まったく触れてもらえないのに耐えられないだけ。
「さ、最近の依生くん……全然わたしに触れてくれないから……。もしかして、わたしなんかに興味なくなって、飽きちゃったのかなって……」
　情けないけど、声が震える。
　すると大きな背中がくるりと回って、わたしのほうに向き直った。
「興味なくなるわけないのに。飽きてもないよ。むしろどんどん夢中になってるのに」
「それなら、なんで最近冷たいの……っ」
　泣きそうな声で訴えると、「そんな悲しそうな顔しないで」と言いながら、両頬を大きな手で包み込んできた。
「ただ……帆乃に求めてほしかったから」
「え……？」
「いつも僕が帆乃を求めてばっかりだから。たまには帆乃から求めてほしいなーって思って」
「ま、まさかそれでわざと触れなかった……の？」
　やっぱり明日香ちゃんの言うとおり、まんまと依生くん

の企みどおりになってしまった。
「触れてもらえなくてさびしかった？」
　フッとイジワルそうに笑って、勝ち誇ったような顔でこちらを見てくる。
「ひ、ひどいよ……っ。てっきり嫌われたのかと思って不安だったのに……」
「まさか。僕が帆乃を嫌うなんてありえないのに」
「……でも、今日他の女の子とどこか行ってたくせに……」
　そのこともモヤモヤして引っかかっていたんだから。
「あー、あれ見てたの？」
「み、見てたよ……偶然だけど」
　ムッと拗ねた顔で見ると、口元がゆるんだまま嬉しそうな顔をしている依生くん。
「……もしかして妬いた？」
「っ……」
「別にあれ、告白されただけなのに」
「こ、告白……!?」
　さらっと、とんでもないこと言ってるし……！
　しかも、そんな大した出来事じゃないみたいな口ぶりで言うし。
「ちゃんと断ったよ。可愛くて仕方ない彼女がいるんでって。その子しか興味ないって言っといたから」
　どう、満足？っていう顔でこっちを見てくるから、どんな顔をしていいのかわからなくて、依生くんの胸に顔を埋める。

「たまには帆乃がヤキモチ焼いてくれるのもいいね。いつも僕が妬かされてばっかだし？」
「そ、そんな妬かせないで……っ」
　最近ますます依生くんのイジワルさが増しているから、それに振り回されてばかりな気がする。
「んー、どうしようかな。妬いてる帆乃が可愛いから、もっと妬かせたくなる」
　またそんなこと言って。
　唇を尖らせて、ムッと依生くんの顔を睨んでみた。
　でも、全然効果はなくて。
「……帆乃から僕を求めてくれたら、ずっと抱きしめてあげるよ？」
　悪いささやきが鼓膜を揺さぶる。
　きっと、わたしがお願いしないと依生くんは何もしてくれない。
　抱きしめることも、キスも。
　自分から求めるなんて、とても恥ずかしい。
　だけど、そんな感情をすべてとっ払うように——。
「僕が欲しいって言ってごらん」
　ストンと落とすような、甘くて危険な誘惑。
「い、依生くんが……しい……です」
「んー、聞こえないからもう1回」
　少しは手加減してくれてもいいのに、全然優しくない。
「依生くんが……もっと、欲しい……です」
「……ふっ、よく言えました」

「っ……」
　いつだって、主導権はぜったい依生くんが握ってる。
　これが逆転することは、ほとんどないって証明されたみたい。
「……じゃあ、何してほしい？」
「ギュッて、してほしい……」
「ん、おいで」
　久しぶりに感じる依生くんの体温と、甘い匂い。
　これだけで、すごく心地いい。
　ギュッて強く抱きしめたら、同じくらいの力で抱きしめ返してくれる。
　だけど、もっともっと、触れてほしくなる欲張りな自分。
「他にしてほしいことある？」
　今の依生くんは、わたしの口から言わない限り何もしてくれない。
　だから……。
「……キス、してほしい……です」
「……へー、積極的だね」
　せっかく頑張って言ったのに、すぐにはしてくれなくて、唇を指でジワリとなぞるだけ。
「し、してくれないの……？」
「するよ。ただ、苦しいのと苦しくないの、どっちにしようかなって。帆乃はどっちがいい？」
　その選択をわたしに迫るのはずるい……。
「苦しくないほうにしよっか」

きっと、わたしのペースに合わせてそう言ってくれているに違いない。
　スッと近づいてきて、唇が重なる寸前……。
「や、やだ……っ、苦しいほうが……いい」
　依生くんは少し驚いた顔をしたけれど、すぐにいつもの余裕そうな顔に戻って。
「ずいぶん大胆なこと言うね。そんな可愛いのどこで覚えてきたの？」
　そう言いながら、グッと唇を押しつけてきた。
　触れた瞬間、全身が痺れて身体の力が一気に抜けていく。
「んぅ……っ」
　それに、自分のとは思えない甘ったるい声が漏れる。
「……苦しくても我慢して」
「んんっ……」
「たまんないね、その甘い声」
　苦しくなって、息をするために開いた口にスッと舌が入ってきて、どんどん力が抜けていく。
　息苦しいのに、もっとしてほしい……この苦しさがなぜか心地よくて離してほしくない……なんて。
「……帆乃、キスうまくなったね」
　離れてしまった唇が恋しく感じる。
「……っと」
「ん？」
「……もっと、してほしい……っ」
　欲張りな自分を止められなくて、自ら唇を重ねた。

「っ、……何それ、ずるすぎ」
　依生くんが、あからさまに戸惑っているのがよくわかる。
　薄暗い部屋の中だけど、至近距離で見つめ合っていれば表情はよく見える。
　いつもより、だいぶ余裕が欠けているように見える依生くんの顔。
「もう……してくれないの……っ？」
　物足りなくて、もっと触れてほしくて、依生くんの頬にそっと手を伸ばす。
「……あーあ、またそうやって可愛いことするから。僕の理性いつも死にかけてるんだよ、わかる？」
　前髪をクシャッとかき上げて、いつもと違うわたしの扱いに困り果てている様子。
「触れてほしいのに……」
「もうこれ以上はダメ。帆乃のこと離せなくなるまで求めちゃうから」
「い、いいのに……。好きなようにしてくれたら……」
　そう言うと、依生くんは「はぁ……」とため息をつきながら頭を抱えた。
「意味わかってないのに軽く言っちゃダメ。無理にしたくないし、焦ってするようなことじゃないから」
「わ、わかってるよ……っ。でも、もっと触れてほしいの。依生くんが足りないの……っ」
　すると、依生くんが熱を持った瞳でこちらを見つめながら、さっきよりも深くキスを落としてくる。

「あー……もう、そんな煽られたら我慢できなくなる」
　切羽詰まった声を聞く限り、もう止まってはくれない。
「我慢……しなくていいよ……っ?」
「っ……、こんな誘惑に耐えられるほど、僕は大人じゃないよ。……嫌がっても止められる自信ない」
　部屋着のボタンを上から1つずつ外されて、緊張からか少し肩に力が入る。
「……今ならまだやめられるよ」
　うまく声が出せない。
　恥ずかしさのせいで瞳にジワリと涙がにじむ。
　でも、やめてほしいわけじゃなくて。
　代わりに首を横に振ると……。
「……とびきり優しくする」
　言葉とともに、優しく包み込むようなキスが落とされた。
　依生くんが触れてくるたびに熱くなって、時折不安になれば、それをかき消すくらいの溶けるようなキスをしてくれて……。
「……たくさん可愛がってあげるから」
　痺れるような、甘い痛みが身体に刻みつけられて……。
「……好きだよ、帆乃」
　これから先もずっと、依生くんに愛されていたいと純粋に思った……そんな甘い一夜——。

End

あとがき

いつも応援ありがとうございます、みゅーな**です。

この度は、数ある書籍の中から『可愛がりたい、溺愛したい。』をお手にとってくださり、ありがとうございます。

皆さまの応援のおかげで、7冊目の出版をさせていただくことができました。本当にありがとうございます……!

今回はひたすら女の子が溺愛されるお話が書きたいと思って、依生のような──ヒロインが大好きで仕方ない過保護すぎる男の子が生まれました。

帆乃は天然っぽい性格だけれど、少しあざとい一面も持っていて、依生はもう帆乃しか眼中になくて溺愛度がすごくて。

そんな2人がわたしはすごく気に入っていて、今まで書いてきた作品の中で、完結したのがいちばん早かった作品でもありました……!

サイトで書いていたときも、編集の作業をしていたときも、とにかく依生が帆乃に甘すぎて、見ているこっちが恥ずかしくなってしまい(笑)、こんなに幼なじみから溺愛される帆乃が羨ましいなぁと思いながら、楽しく作業をすることができました。

作品の話とは少しそれるんですが、今、私生活のほうが

かなり変わり、やりたいことにたくさん時間をかけることができ、とても充実しています。
　今年は、好きなことを好きなだけできた年かなと思いながら、それができたのは周りにいる人たちの支えがあったからでもあり、とても感謝しています。

　最後になりましたが、この作品に携わってくださった皆さま、本当にありがとうございました。
　そして今回も可愛いカバーイラスト、相関図を描いてくださった、イラストレーターのOff様。Off様が描いてくださるイラストが本当に大好きで、イラストを担当していただいた作品すべてがわたしにとっては宝物です。

　そして、ここまで読んでくださった皆さま、応援してくださった皆さま、本当にありがとうございました！
　また来年も充実した年にできるよう頑張っていこうと思います。

　すべての皆さまに愛と感謝を込めて。

2019年12月25日みゅーな**

作・みゅーな**

中部地方在住。4月生まれのおひつじ座。ひとりの時間をこよなく愛すマイペースな自由人。好きなことはとことん頑張る、興味のないことはとことん頑張らないタイプ。無気力男子と甘い溺愛の話が大好き。現在は、ケータイ小説サイト「野いちご」にて活動中。

絵・Off（おふ）

9月12日生まれ。おとめ座。O型。大阪府出身のイラストレーター。柔らかくも切ない人物画タッチが特徴で、主に恋愛のイラスト、漫画を描いている。書籍カバー、CDジャケット、PR漫画などで活躍中。趣味はソーシャルゲーム。

ファンレターのあて先

〒104-0031

東京都中央区京橋1-3-1

八重洲口大栄ビル7F

スターツ出版（株）書籍編集部 気付

みゅーな**先生

この物語はフィクションです。
実在の人物、団体等とは一切関係がありません。

可愛がりたい、溺愛したい。
2019年12月25日　初版第1刷発行

著　者　みゅーな＊＊
　　　　©Myuuna 2019

発 行 人　菊地修一

デザイン　カバー　百足屋ユウコ+しおざわりな
　　　　　　　　　（ムシカゴグラフィクス）
　　　　　フォーマット　黒門ビリー&フラミンゴスタジオ

Ｄ Ｔ Ｐ　朝日メディアインターナショナル株式会社

編　集　黒田麻希
　　　　伴野典子　三好技知（ともに説話社）

発 行 所　スターツ出版株式会社
　　　　　〒104-0031 東京都中央区京橋1-3-1　八重洲口大栄ビル7F
　　　　　出版マーケティンググループ　TEL03-6202-0386
　　　　　（ご注文等に関するお問い合わせ）
　　　　　https://starts-pub.jp/

印 刷 所　共同印刷株式会社
Printed in Japan

乱丁・落丁などの不良品はお取り替えいたします。上記出版マーケティンググループまで
お問い合わせください。
本書を無断で複写することは、著作権法により禁じられています。
定価はカバーに記載されています。

ISBN：978-4-8137-0818-6　C0193

読むたび何度でも恋をする…全力恋宣言！
毎月25日はケータイ小説文庫の日♥

心に沁みるピュアラブやキラキラの青春小説、
「野いちご」ならではの胸キュン小説など、注目作が続々登場！

ケータイ小説文庫　2019年12月発売

『モテモテな憧れ男子と、両想いになりました。』

人気者の同級生と1日限定でカップルのフリをしたり、友達だと思っていた幼なじみから独占欲全開で迫られたり、完全無欠の生徒会長に溺愛されたり。イケメンとの恋にドキドキ♥　青山そらら、SELEN、ばにぃ、みゅーな**、天瀬ふゆ、善生茉由佳、Chaco、十和、*あいら*、9名の人気作家による短編集。
ISBN978-4-8137-0816-2
定価：本体630円+税

ピンクレーベル

『ツンデレ王子と、溺愛同居してみたら。』SEA・著

学校の寮で暮らす高2の真心。部屋替えの日に自分の部屋に行くと、なぜか男子がいて…。でも、学校からは部屋替えはできないと言われる。同部屋の有村くんはクールでイケメンだけど、女嫌いの有名人。でも、優しくて激甘なところもあって!?　そんな有村くんの意外なギャップに胸キュン必至！
ISBN978-4-8137-0817-9
定価：本体590円+税

ピンクレーベル

『可愛がりたい、溺愛したい。』みゅーな**・著

美少女なのに地味な格好をして過ごす高2の帆乃。幼なじみのイケメン依生に「帆乃以外の女の子なんて眼中にない」と溺愛されているけれど、いまだ恋人未満の微妙な関係。それが突然、依生と1カ月間、二人きりで暮らすことに！　独占欲全開で距離をつめてくる彼に、ドキドキさせられっぱなし!?
ISBN978-4-8137-0818-6
定価：本体590円+税

ピンクレーベル

読むたび何度でも恋をする…全力恋宣言！
毎月25日はケータイ小説文庫の日♥

心に沁みるピュアラブやキラキラの青春小説、
「野いちご」ならではの胸キュン小説など、注目作が続々登場！

ケータイ小説文庫　2019年11月発売

『イケメン不良くんは、お嬢様を溺愛中。』涙鳴・著

由緒ある政治家一家に生まれ、狙われることの多い愛菜のボディーガードとなったのは、恐れを知らないイケメンの剣斗。24時間生活を共にし、危機を乗り越えるうちに惹かれあう二人。想いを交わして恋人同士となっても新たな危険が…。サスペンスフル＆ハートフルなドキドキが止まらない！

ISBN978-4-8137-0798-1
定価：本体590円＋税　　　　　　　ピンクレーベル

『強引なイケメンに、なぜか独り占めされています。』言ノ葉リン・著

高2の仁菜には天敵がいる。顔だけは極上にかっこいいけれど、仁菜にだけ意地悪なクラスメイト・桐生秋十だ。「君だけは好きにならない」そう思っていたのに、いつもピンチを助けてくれるのはなぜか秋十で…？　じれ甘なピュアラブ♡

ISBN978-4-8137-0799-8
定価：本体560円＋税　　　　　　　ピンクレーベル

『クールな優等生の甘いイジワルから逃げられません！』柊乃・著

ほのんは、優等生な中島くんのヒミツの場面に出くわした。すると彼は口止めのため、席替えでわざと隣に来て、何かと構ってくるように。面倒がっていたけど、体温を気づかってもらったり、不良から守ってもらったりするうちに、段々と彼の本当の気持ち、そして自分の想いに気づいて……？

ISBN978-4-8137-0797-4
定価：本体590円＋税　　　　　　　ピンクレーベル

読むたび何度でも恋をする…全力恋宣言！
毎月25日はケータイ小説文庫の日♥

心に沁みるピュアラブやキラキラの青春小説、
「野いちご」ならではの胸キュン小説など、注目作が続々登場！

ケータイ小説文庫　2020年1月発売

『総長さま、溺愛中につき。①』＊あいら＊・著

ケンカ最強で、「サラ」の名で暴走族を潰した伝説を持つ才色兼備の美少女・由姫。高2になり、彼氏のいる全寮制の高校へ変装して編入するけど、手違いからNo.1暴走族の総長で女嫌いの蓮と同室になる。その後、蓮や族のメンバーと仲良くなるけど、彼氏の浮気や由姫を巡る恋のバトルが勃発して…!?
ISBN978-4-8137-0836-0
予価：本体500円+税

ピンクレーベル

『新装版 イケメン御曹司とラブ甘同居』もょ・著

母親を亡くして、天涯孤独となってしまった高校生のみのり。母の遺言を見つけ、指示通りに訪れた先には大豪邸！　そこにはイケメン御曹司の南朋が住んでいて、なんと彼と同居することに!?　強引な俺様で嫌なヤツだと思っていた南朋は、実はとっても優しくて…。ラブ甘同居の始まり♡
ISBN978-4-8137-0835-3
予価：本体500円+税

ピンクレーベル

『世界No.1の総長と一輪の花（仮）』Neno・著

高1の花莉は、危ないところを、世界No.1暴走族『雷龍』の総長・詩優に助けられる。家に居場所がなかった花莉は「俺、お前のこともらってもいい？」と、詩優に誘われ、同居をスタート。前から花莉を好きだったという詩優は、花莉を大事にすると宣言、『雷龍』の姫として迎え入れて…？
ISBN978-4-8137-0837-7
予価：本体500円+税

ピンクレーベル

書店店頭にご希望の本がない場合は、
書店にてご注文いただけます。